A PIG
IN
PROVENCE

一头猪
在普罗旺斯

[美]乔治妮·布伦南 著 黄声华 译

GEORGEANNE
BRENNAN

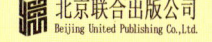

北京联合出版公司
Beijing United Publishing Co.,Ltd.

图书在版编目（CIP）数据

一头猪在普罗旺斯 /（美）乔治妮·布伦南著；黄声华译. -- 北京：北京联合出版公司，2023.10

ISBN 978-7-5596-7156-1

Ⅰ.①一⋯ Ⅱ.①乔⋯ ②黄⋯ Ⅲ.①随笔－作品集－美国－现代 Ⅳ.① I712.65

中国国家版本馆 CIP 数据核字 (2023) 第 141826 号

北京市版权局著作权合同登记　图字：01-2023-2476

A Pig in Provence
Copyright © 2007 by Georgeanne Brennan
Published by arrangement with Chronicle Books
through Bookzone Publication Service Co.,Ltd.
Translation copyright © 2023 by China Pioneer Publishing Technology Co.,Ltd.
All rights reserved.

一头猪在普罗旺斯

作　　者：［美］乔治妮·布伦南
译　　者：黄声华
出 品 人：赵红仕
责任编辑：周　杨
封面设计：吴黛君

北京联合出版公司出版
（北京市西城区德外大街83号楼9层 100088）
北京新华先锋出版科技有限公司发行
大厂回族自治县德诚印务有限公司印刷　新华书店经销
字数175千字　620毫米×889毫米　1/16　15印张
2023年10月第1版　2023年10月第1次印刷
ISBN 978-7-5596-7156-1
定价：59.00元

版权所有，侵权必究
未经书面许可，不得以任何方式转载、复制、翻印本书部分或全部内容。
本书若有质量问题，请与本社图书销售中心联系调换。电话：（010）88876681-8026

献 给 埃 塞 尔 和 奥 利 弗

圣雷米 罗纳河口

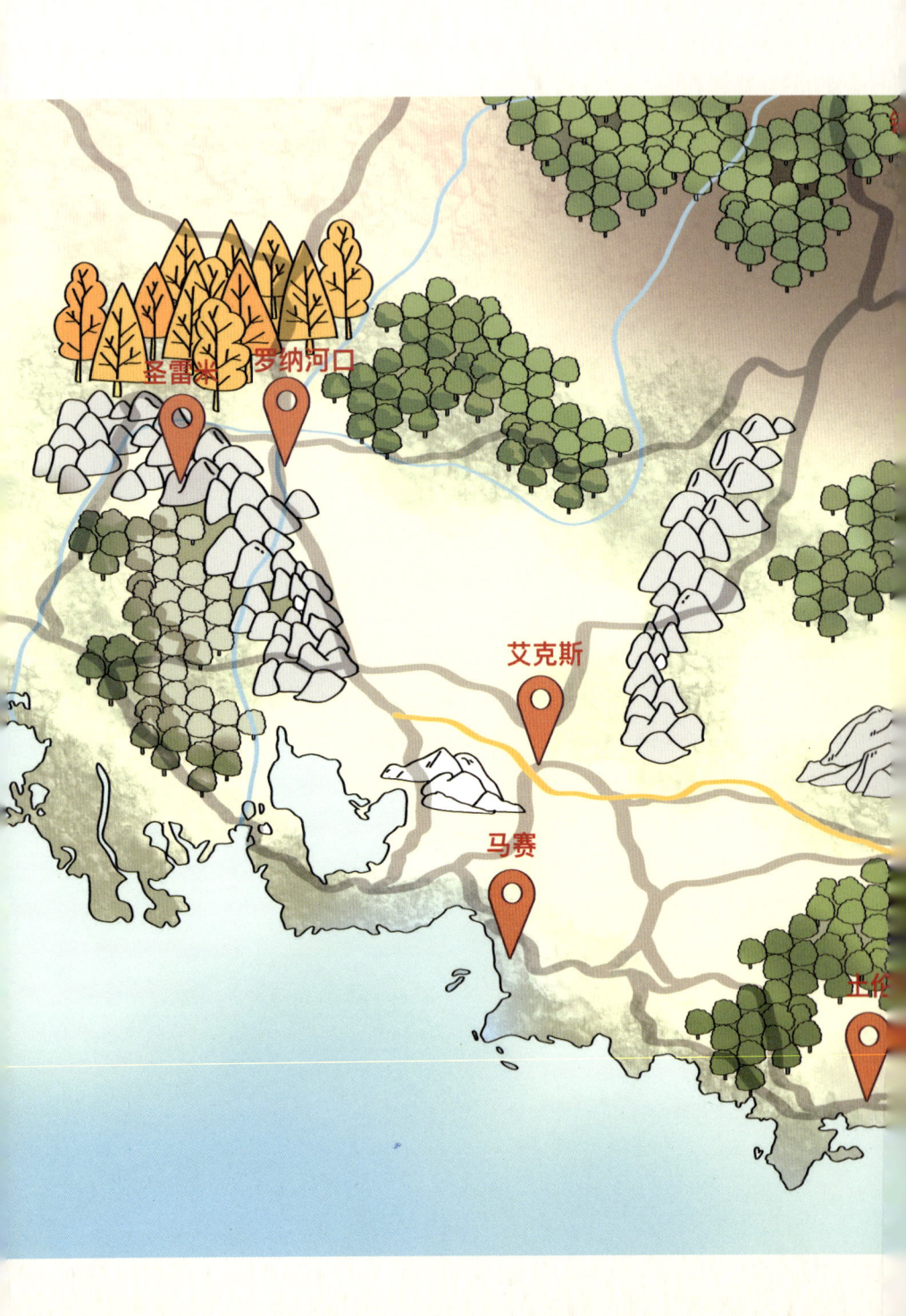

艾克斯

马赛

德拉吉尼昂　　夏纳　　尼斯

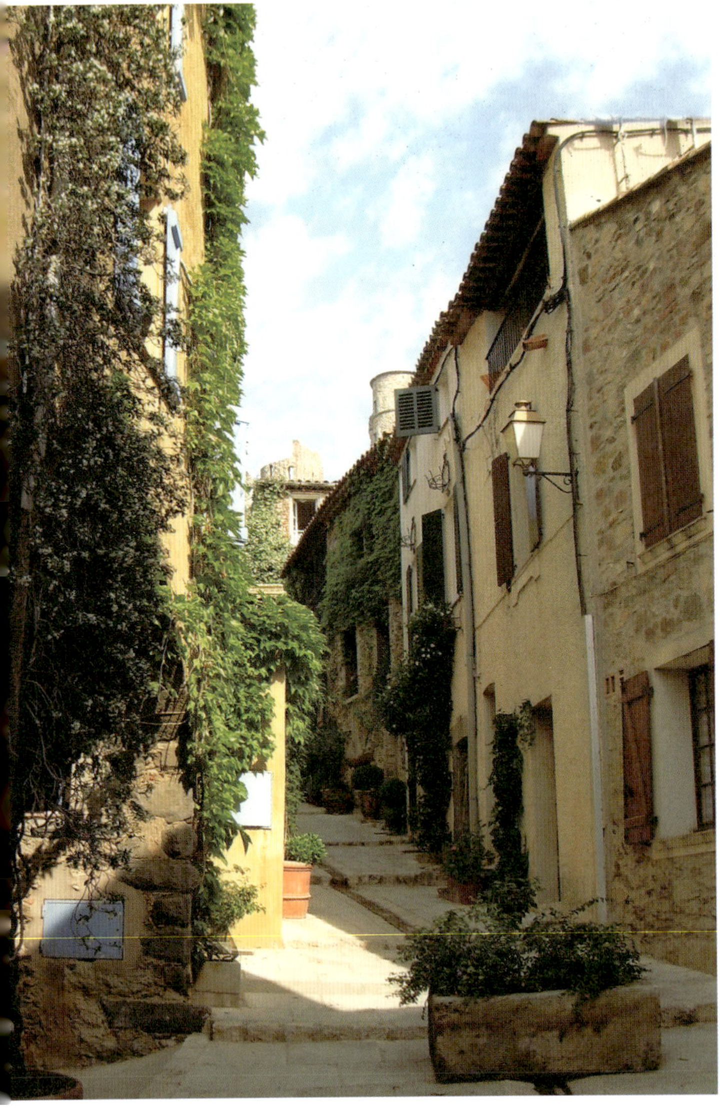

A PIG IN PROVENCE 序 言

    我在二年级的时候，撰写了第一本烹饪书《我的食谱》。我的母亲一直保存着那本书。她去世后，我在旧皮箱中找到了原稿，那个皮箱珍藏了她生命中所有的回忆。那本书由四张大纸构成，上面是我用铅笔歪歪扭扭写下的食谱，有雪花香蕉（混合着奶油的香蕉泥）、兔耳沙拉（在梨上插杏仁作为兔耳朵，在莴笋叶上放一颗甜樱桃作为兔鼻子）、柳橙奶油蛋糕（橙汁与蛋清搅拌而成的混合物），以及草莓油酥松饼（将切碎后的草莓与搅拌后的奶油加入磅饼中）。那本书的封面则是由两张黄色建筑图纸做成的。

    那时我七岁，是一个忙碌于厨房之中的"早熟儿童"，我陶醉于和父亲一起制作鲍鱼炖肉以及和母亲一起搭姜饼屋。再大一点儿后，我和朋友们去

磅饼：用糖、奶油、面粉各一磅制成的糕饼。

> 橘子郡：位于美国加州，是个港湾城镇，也是个旅游胜地。

自助采摘果园里摘玉米和草莓。那时，橘子郡漫山遍野都是自助采摘果园。我还和男孩子们一起用我家院子里的杏仁烘焙水果蛋糕。爸爸去世的那年，十六岁的我负责烹制感恩节大餐，和祖母一起制作水果罐头。

不过，决定我生活之路的不是加州的食物，而是普罗旺斯的食物。

普罗旺斯让我明白，食物除了烹饪或享用，还有更深、更广的内涵。我深切地体会到，聚会、狩猎和种植食物都是生命的一部分，这部分生命带着季节的烙印，将人们联结起来，紧紧地系于土地之上。

每个季节都有其特有的食物：秋天的野蘑菇、春天的野芦笋、夏天的西瓜和桃子、冬天的根茎作物和松露。普罗旺斯人对食物有着共同的热爱。他们不仅要享受食物本身，还要掌握相关的知识和技巧，例如种植味甜的西瓜、培育鲜嫩蔬菜制作沙拉、在漫布着野生百里香的山坡上放牧羊群、制作爽滑鲜美的山羊奶酪。普罗旺斯人餐桌上的食物，无不凝聚着这种热爱与共识。

在普罗旺斯，我的邻居们向我展示了如何去理解这片土地。他们还告诉我这片土地能带给我们什么，教会了我如何寻找和烹饪蜗牛、如何提取脂肪、种植马铃薯和搜寻野蘑菇，以及如何烤沙丁鱼、用

序言

杵和臼制作蒜泥蛋黄酱、把吃剩的面包炖成蔬菜蒜泥浓汤和挑选鲜鱼。我逐渐明白,当一个人沉浸在美食中时,令人回味的不只是品尝本身,还有寻找食材和烹调的过程。

我是在将近三十岁的时候开始普罗旺斯的生活的。在那里,我养猪,卖自己做的山羊奶酪,并且和邻居们一起烹调美食。我将烹饪美食作为我的生活中心,这不是出于享乐主义或者维持生命的目的,而是因为美食将我与先人们联系在了一起。美食不仅是我与土地、朋友以及同一餐桌上的家人们之间的纽带,也作为时间使者,将美好的未来带到我面前。在这个脆弱易变的世界上,美食恒久不变。

我从未刻意成为一个获奖无数的烹饪作家,或者想在普罗旺斯开设烹饪学校;也从未刻意想要在美国教授普罗旺斯的饮食课程,或者成立蔬菜种子出口公司。这些事情都与我对普罗旺斯的热爱无关。我热爱普罗旺斯,是因为那里的人们以及食物给我带来了生活感。在那些岁月里,普罗旺斯从未让我失望过,它就像美食——恒久不变。

1970年以后,普罗旺斯发生了巨大的变化,我也是,但我对它的热爱一如既往。那时,我从尼斯的机场带着低落的心情飞越地中海,前往阿尔卑斯山脚下的白色之城。到达以后,我租来一辆车,在A8高速公路上一路向西,两旁高高耸立的公寓大楼、呼啸而过的公共汽车、堵塞的车道和一棵棵棕榈树从我身边掠过。但一过戛纳,一种平静的情绪便悄然而至。公路西侧安静地矗立着一座座火红的小山,东侧则是农舍,周围环绕着市场花园。四十五分钟后,我在德拉吉尼昂下了高速,开始驶向法国内陆。我上次去那里已是

六个月以前了,所以理所当然地认为那里的一切都会有所改变。我对自己说要做好失望的心理准备,普罗旺斯并不会一直像我想象中那样完美。我将在那片土地上看到葡萄园被推倒,小镇消失在扩建的城市边缘,咖啡馆关闭了,也没有人慢慢享用午餐,遍地都是广告牌和房产开发商。虽然这些年来,的确发生了一些变化,好在这种趋势被控制住了。我看到了熟悉的咖啡馆中人头攒动,露天市场里挤满了小贩和顾客,小镇上的商店也仍然在原处。我悬着的心终于放下了。

我停车买了奶酪、火腿、法式棍形面包和橄榄油,然后继续驾车深入内陆。一路上,我穿过了橡树林和松树林,路越来越窄,最后,我终于到达了自己的家,它就在一个小山谷边上。

这座石头房子隐隐约约显得十分高大。它在欢迎着我,我打开门,新鲜的石蜡香和柴火味扑鼻而来。邻居们为我准备了整盆的水果,并在花瓶里插满了鲜花。屋里有张便条,询问我是否愿意参加7:30开始的晚餐。年复一年,普罗旺斯迎接我的一直是美食、友情和一种归属感。

马上,我将会和我的朋友们一起坐在桑树下,或围坐在炉火边。这些朋友陪伴我走过了大半生,他们教给我普罗旺斯的生活方式。他们和我一起饮茶、品酒,谈论天气、收成、小镇的政治、新食谱和孩子们。我们会坐到餐桌旁,用好几个小时来享用一顿简单的餐食。如果是在夏天,那么上的第一道菜会是烤辣椒凤尾鱼,在秋天,将会是野蘑菇沙拉,接下来的一道菜会是肉厚的珍珠鸡或者香草烤猪肉,最后一道菜是奶酪、煮水果或者水果蛋糕。

我那普罗旺斯的生活旋律又开始奏响了。

序 言

  我所希望的是，通过这本书，我能与我的读者们分享一段美妙的生活。在那个充满了乡村韵味的地方，人们发自内心地欢迎我和我的小家庭，同我们分享他们所知道的，告诉我们在这片祖祖辈辈生活的土地上，他们所特有的生活方式。也正是在这片土地上，我懂得了美食在我们生命中所能扮演的角色，那是无论身在何方都不会改变的。我领悟到这种精神，并写出了这本书中的故事。这些故事有关膳食、孩子、动物、美食、地方和家，故事按篇章排列，松散地围绕着各自的中心思想，或是山羊奶酪，或是猪群，或是漫长的夏日聚餐。然而这些故事都在讲述一种生活，在这种生活里，有着共同的友谊以及对于美食的热爱。

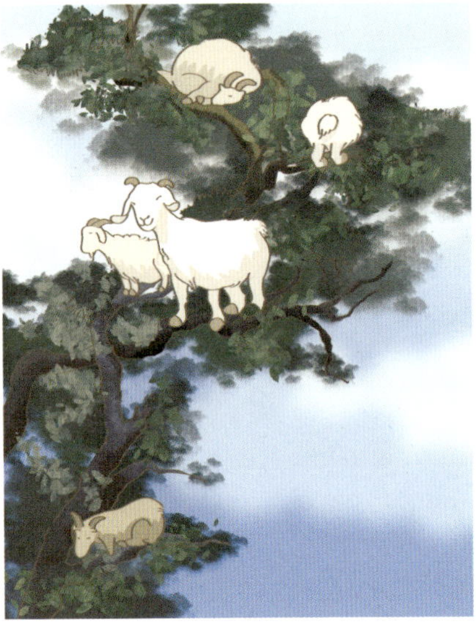

目 录

第一章　山羊奶酪情缘

01　买山羊的经历 /002

02　瑞丽尔夫人的奶酪课 /012

03　蕾妮特分娩之夜 /024

04　法式乡村山羊奶酪 /029

炸面包山羊奶酪沙拉 /036

第二章　一头猪在普罗旺斯

01　新成员露克丽西亚 /040

02　关于猪的古老仪式 /049

03　传统美食——皱胃 /057

芥末马槟榔炖猪连肩前腿肉 /066

第三章　蘑菇之恋

　　01　乔琪特的蘑菇指南 /070
　　02　采蘑菇的邀请 /080
　　03　卡布莱提先生与黑松露 /090

🍽 杜松子鸡炖蘑菇 /098

第四章　所有人的普罗旺斯鱼汤

　　01　布鲁诺先生的鱼汤课 /102
　　02　普罗旺斯鱼汤宴会 /116

🍽 普罗旺斯鱼汤（土伦风格）/124

第五章　漫长的夏日聚餐

　　01　再回普罗旺斯 /130
　　02　壁炉沙丁鱼聚会 /136
　　03　瑞拉斯大教堂酒店 /146
　　04　午夜美食记忆 /153

🍽 蔬菜蒜泥浓汤 /158

第六章　伟大的蒜泥蛋黄酱之精髓

01　大蒜的烹饪艺术 /162
02　乡村庆典日的豪华大餐 /166

蒜泥蛋黄酱大餐 /174

第七章　阿尔卑斯山下的绵羊

01　季节性的迁徙 /178
02　关于羊蹄馅饼的古老回忆 /182
03　老屠夫的智慧 /188
04　北非辣味羔羊肉香肠 /192
05　艾本的烤全羊大餐 /195

香草羊腿 /200

第八章　普罗旺斯的两场婚礼

01　劳伦特的法式婚礼 /204
02　二十五年前的婚礼回忆 /213

番茄馅饼 /218

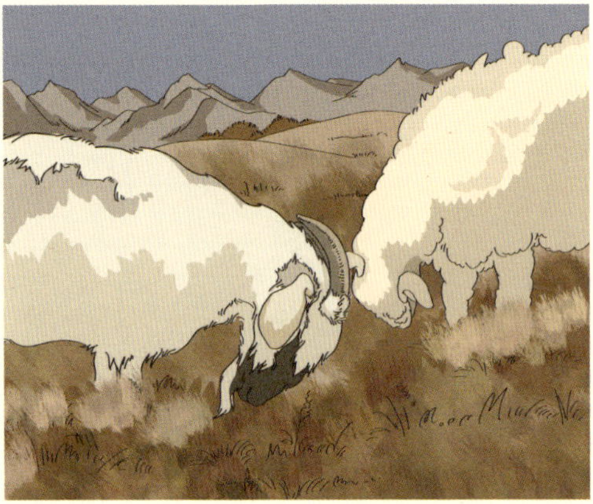

第一章

山 羊 奶 酪 情 缘

"嘘"
"不要这样大声"
不要破坏这强大而厚重的寂静

// 01 //
买山羊的经历

"这些要多少钱?"唐纳德问。

我们正站在普罗旺斯内陆的一个石筑谷仓里,周围挤满了那些长角的动物,它们的眼睛一眨不眨地盯着我们。三岁的女儿埃塞尔握紧我的手。动物们朝我挤过来,用鼻子拱着我的大腿,还轻轻咬着我的夹克衫衣角。在屋顶上吊着的唯一一个灯泡投下昏暗的光线。我辨认出那是一大群山羊,它们的黑影一直延伸到谷仓深处。山羊缓慢而坚定地向我逼来,让我产生了一种压迫感。刺鼻的羊膻味、散落在谷仓地板上的新鲜牧草的香味、地面散发出的淡而又潮湿的泥土的芳香,以及在这个古老谷仓里曾经生活过的所有动物的体味,都涌入了我的鼻腔。这些气味在动物体温的作用下,变得更加浓郁。虽然是在寒冷的十一月,谷仓里却温暖而安逸,尤其是泥土的芳香,让人感到如家般舒适。

"唔,我的朋友,很难决定啊。你想要多少?它们都怀孕了,九十月的时候就怀上了小羊,到明年二三月就会产崽。"牧羊女将身体的大部分重量都倚靠在拐杖上,这让她更显苍老。她身穿层层叠叠的黑色衣服,脚上是黑色羊毛袜。这种袜子在描绘战前法国的电影中并不鲜见。一条黑色的羊毛围巾在她下巴处打了个结,包住了她的头发。派克大衣的深蓝色和脖上十字架的金色是她身上为数不多的鲜艳颜色。

我们必须养足够多的羊才能维持生计。一个月前搬到普罗旺斯时，我们带来了加利福尼亚大学和美国农业部发行的小册子。根据那些小册子，我们计算出一头肥壮的羊一天能产下一加仑的羊奶，而一加仑羊奶能够制成将近一磅的奶酪。法国朋友们曾经告诉过我们，二三十只羊产的奶制成的奶酪足够我们维持生计了。

> 加仑：gallon，容积单位，1 加仑≈3.785 升。

"你为什么要卖了它们？"我问。

"噢，年纪大了，养不了这么多了。我养了有三十多只呢。"她朝四周看了看，然后指着一只高大肥壮的羊，它身上雪白的羊毛中还掺杂着些许黄褐色。"我打算卖给你那只。看啊，她就是个美人。我叫她蕾妮特，我的小王后。她是个产奶能手，四岁左右吧。她总是能生出双胞胎。"

她穿过谷仓，把拐杖夹在了胳膊下，抓住羊角，掰开羊嘴："过来看看，看她的牙齿多好啊，她还是个妙龄少女呢。"

她拍了一下蕾妮特的腹部，放她走了。

蕾妮特走向了另外一只远离羊群的山羊。那只羊身上棕黑色的羊毛粗密冗乱，疤痕累累的黑色羊角向头后方高高地伸了出去。

"这是莱西，领头羊，不过也和我一样，老喽。"

我以为这个女人会咯咯地笑,然而她没有。她叹了口气,说:"她现在不断受到一些青壮年羊的挑衅,不过我想她应该还能威风几年。"

唐纳德走到了莱西跟前,轻抚着她的脑袋。莱西用黄色的眼睛和如墨般漆黑的瞳孔盯着他。"你还卖其他羊吗?"

"让我想想。我还可以卖给你这只羊,她叫欧蕾咖啡。"她指着一只高大的奶油色的山羊说。她的羊毛很短,神色傲慢。"要对付她可不容易。你必须让她知道谁才是老大。她一直想取代莱西的地位,当上领头羊。"

好像是为了证明这句话,欧蕾咖啡绕到了莱西旁边,往她屁股上狠狠地踢了一脚。莱西迅速地转过身,结实地踢了一脚回去。这一下踢到了欧蕾咖啡头上,谷仓里响起了骨头相撞的回声。埃塞尔把我拉到身边,紧紧地握住了我的手,然而她的目光还是落在那两只交战的羊身上。

"够了!停下来!愚蠢的畜生!"妇人朝那两只羊吼着,并用拐杖呵斥它们。莱西低头怒视着更为强壮的欧蕾咖啡,谷仓又恢复了平静。

"欧蕾咖啡怎么没有羊角呢?"我问。

"在它们小时候,有时我会把它们的羊角削掉,她的就是这样。那羊角似乎会越长越扭曲。"她继续推销着她的产品,"欧蕾咖啡还只有三岁,去年她生了三胞胎。多棒的山羊啊。"她指给我们看其他四只要卖掉的羊,并精神抖擞地评价着它们的个性和生育情况。

唐纳德以每只羊350法郎的价格和妇人成交了。他用两天时间挑选到了我们的第一群羊。我们和老妇人互相握手道别,然后便转身朝空地走去,我们的车停在那里。我检查了埃塞尔的帽子——那是她自己选的一顶橙黄色条纹的针织帽,帽绳正紧紧地系在她的下巴上。接着我也拉紧了我的夹克衫上的帽子,并重新戴上了手套。

我们行走在这近乎废弃的村庄的窄街上,透过房子裸露的屋顶能够看到腐朽的房梁,房子周围是一堆散落的石块,野生悬钩子的藤蔓冲过了一些废墟的阻挡,无花果树占领了其他树木的地盘。唐纳德轻声地述说着这些危房散发出来的鬼魅感觉。

很难想象凡尔东的埃斯帕龙曾经是个充满活力的村庄。那位妇人和她的羊群如今还生活在这里,就像历史遗物一般,坚守着遥远年代的生活方式。

我们正在做的事情和老妇人完全不同。我们不是在一个废弃的村庄里,而是在城里面买下了一间农舍。还有,我们都是大学毕业,在制作传统的法国奶酪时,我们会研究或者使用现代方法。但我还是有点儿担心,因为我们没有太多的钱,但我们必须成功。

我们第一步就是要学会制作奶酪。美国农业部发行的小册子上写了大型的商业奶制品工厂的生产方式,却没有讲在小型农场里用新鲜羊奶制作奶酪的小规模生产方式。到现在为止,包括那个卖给我们头一批羊的妇人在内,没有任何一个人能准确地告诉我们除了添加凝乳酵素之外,究竟该如何制作奶酪。

"妈妈,我们能不能也买些鸡和兔子?"埃塞尔问。我们正路过一个摇摇欲坠的鸡笼,那个鸡笼是用波纹锡和金属编织网围成的。埃塞尔最喜欢的玩具是她的橡胶家禽,她很想拥有几只真的动物,这样就能够和我们从加州带过来的狗——土恩("帕土尼亚"的简称)——做伴了。

"嘘,"我说,"小声点儿。"我觉得最好还是不要破坏这强大而厚重的寂静,然后弯下腰对她说,"当然可以。我们每天都要喂鸡,

收集它们下的蛋，还要让它们住进漂亮的房子里。"

我不太确定要不要买兔子。养兔子就意味着要把它们杀了吃掉。我知道在一个真正的农场里（就像我们即将拥有的那个），没办法把动物当宠物养。我的家乡是南加州一个小小的海滨小镇，在那里，冲浪和日光浴是最平常的消遣，因此，我没有任何经营农场的经验。在那里，我经常见到鸡群——当我想象起普罗旺斯的乡村生活时，鸡群已是我脑海中固有画面的一部分了。我能想象到的还有缓慢悠闲的生活，例如烹调、阅读、写作和缝纫；偶尔会去一趟巴黎，当然还少不了去意大利和西班牙——七年前，我和唐纳德还是学生，我们在享受为期一年的蜜月时，爱上了这些国家。

和这群陌生的山羊相处的头一个星期，简直是波折重重。羊群喜欢四处闲逛，随意吃食，我们当然不能让它们这么干。我们房子下的小山谷里有一块土地，属于某个农场主，那里种着冬小麦。他当然不想看到他的庄稼被羊群吃得只剩下一点点。山谷的另一边是一大片松树和橡树林，一直延伸向北部和西部。如果羊群进入了森林，那我们绝对再也找不到它们了。这样，就只剩下房子四周的一公顷土地能放牧羊群，我们还必须看着它们。

我们还没有建围墙，所以不得不用一点儿计谋来管住它们。唐纳德把粗尼龙绳系在重型钩子上，用钩子套住山羊的项圈。我们尝试着像这样用绳子把它们带出去。它们一直想爬到房子旁边的梨树和桑树啃树皮，还会满怀斗志地想要爬上邻近小山包上的橡树和杜松上去。它们不仅要吃草，还得一路拖着我们。我的膝盖到现在还留着伤疤——这是某个早上顽固不化的欧蕾咖啡使劲拖我的结果。

接下来，唐纳德往旧轮胎里灌满水泥来固定住绳子。而后"美国人的山羊锚"马上成为这个地区的新话题。这要归功于邮差,因为他哥哥拥有村庄上唯一的酒吧。然而,锚对这群山羊根本不起作用。它们仍会冲进那片田地里,大口咀嚼青色的小麦,笨重的轮胎在它们身后轰轰作响。

我们放弃轮胎,取而代之的是深深插入地下的铁棍。这个办法也好不到哪里去。幸运的是,寒冷的天气和它们肚子里的小羊崽让羊群越来越满足于舒服地蜷缩在温暖的羊舍里,享用着我们喂给它们的紫花苜蓿和大麦。

尽管如此,我们还是需要更多的山羊。有人告诉我们,大约四十分钟车程开外的乐梦迪,有两兄弟正好要卖掉几只羊。奥迪伯两兄弟是这个地区的传奇。严寒的冬日里,人们能看到他们开着古董式样的黑色雪铁龙穿过村庄,那种车曾经在过去法国的黑帮电影里出现过。他们头上的贝雷帽拉得很低,车里坐着他们的"女管家",那是一个穿着很耀眼的黑发女人,她跟他们住在一起。

他们还在遵循着伟大的季节性迁徙的习俗。夏季,他们赶着绵羊和山羊从普罗旺斯南部火热的平原和山谷出发,徒步转移到北部的高山草地上;在晚秋又返回山谷地区,让动物们在气候更为温和的南部过冬和生育;冬天,他们将家安置在乐梦迪的一个巨大农舍里,在那里有一个很大的羊圈足够上千只羊活动。

我们站在农舍前,看到那辆雪铁龙就停在一棵没有修剪过的、孤零零的桑树下,树干上还系着一条牧羊犬。就是这儿了。我们踏着崎岖不平的石阶,走到了半掩着的前门面前,敲了敲门,回答我们的是一声低沉的"进来吧"。

敲开的门,东面墙上的小窗,以及壁炉中喘息的余火带给了这

个房间些许光亮。一进去，一阵大蒜味和羊毛的潮湿气息就将我们包围了。两兄弟中，有一个人坐在一张光秃秃的木桌旁，他的面前放了一瓶葡萄酒、几片面包和几根干香肠。

"坐吧，"他边说边挥舞着他的小刀，"来点儿葡萄酒？"他起身从水槽上方的木架上取下了三个玻璃杯。他个子很高，但是行动却并不迟缓。古铜色的皮肤，透着一股电影明星般的英俊潇洒，他的络腮胡十分浓密，深邃的眼睛看上去既敏感脆弱，又傲气十足。他穿着一件老式黑色条纹马甲，一件皱皱的白色衬衣松松垮垮地扎在黑色羊毛裤子里。裤子是二十世纪二三十年代的款式，上面有些纽扣和口袋。煤烟笼罩的后门上挂着一件牧羊人身上常见的厚重的棕黑色羊毛斗篷。

这个仍然遵循着迁徙传统的男人所具有的力量感使我怔住了。牧羊兄弟的迁徙沿着两千年前罗马牧羊人的足迹，走过了同样艰难的里程。在我心里，奥迪伯兄弟和其他像他们一样的牧羊人就是欧洲活历史的一部分。

我们喝了一杯没有加工过的红葡萄酒，吃了几片用小刀割下来的香肠，还回答了一些关于美国人的问题，然后话题便转到了山羊身上。

"我们不打算再迁徙，所以用不着这么多山羊。我们会定居下来，整年都待在这里，和很多其他人一样。我们厌倦了翻越那些山峰。这里很好，有村庄、音乐和酒吧。还有，现在人们整年都想要买绵羊和山羊，而以前只有在春天才这样。"他说完后往后一躺陷进了椅子里，好像说了这么长的一段话让他累坏了。

"嗯，我们有兴趣买几只山羊。我们已经有七只了，不过我们还想买一打或者更多。"唐纳德说。

"那么，来吧，我们去看看。"他站起身，没有拿斗篷，只是抓起了挂在椅背上的派克大衣。

我、唐纳德和埃塞尔跟着他往羊舍走去。这是一个长长的石头羊舍，低低的斜屋顶上盖着红色的瓷砖，这种瓷砖仍能在普罗旺斯的内陆地区看到。这里几经岁月沉淀，却没有多少变化，因为这里的人给这片空地增加了一种生命力。我们进入谷仓，看到穿着"过冬外套"的上百只肥壮的绵羊正一群群地站在一起，咩咩叫的小羊紧紧地挨着它们；而山羊们却走过来审视着我们。

"妈妈，爸爸，快看这些小羊啊！它们是不是很可爱？我们能不能买一只？你们觉得呢？这样就可以给我们要买的鸡做伴了。"

"嘘，现在不行，以后吧。我们要先买山羊。看看这些山羊，你觉不觉得它们和我们自己的那些一样漂亮？"当我熟悉了羊群的个性后，便非常喜爱它们了。

和我们的山羊一样，奥迪伯兄弟的山羊也有着不同的毛色和外形——有的有羊角，有的没；有的有山羊须，有的没有。根据我们对山羊和奶酪制作所做的研究，我们了解到产奶能手的血统主要是：萨嫩羊、阿尔卑斯羊和努比亚羊。然而他们的羊似乎没有这些血统，也不像是我们以前见过的山羊。当我们问起他这些山羊具体的血统时，他仅仅耸耸肩说："它们就是本地山羊。"我心里不禁打起鼓来，有点儿怀疑这些山羊是否真的能生产足够的羊奶供我们制作奶酪。同这些邋遢的山羊相比，我们买的第一批山羊很显然在过着一种闲适、奢侈的生活。

突然，奥迪伯先生朝那些挤作一团的绵羊走了过去，从里面挑出了某个东西："这个，是给小姑娘你的。"他把一只黑色的小绵羊

放在了埃塞尔的臂弯处。

"用奶瓶给他喂食,用温热的牛奶。他的妈妈死了。"

"谢谢。"埃塞尔开心地笑着,用我们教过她的法语表示感谢。她将小羊又搂紧了点儿,抚摸着他柔软的羊毛,小羊笨拙的四条腿在她的胳膊下摆动着。

"看,妈妈,是不是很可爱?他还很柔软。你来感觉一下吧。"她将小羊送过来让我抚摸。的确如此,他的羊毛柔软而又光滑,但是他实在太幼小了。我甚至可以感觉到他在肋骨下跳动的小小心脏。埃塞尔亲热地搂着小羊,对着他喃喃细语,而我们则在审视着奥迪伯先生待售的山羊。我们同意了他的出价——每只250法郎,并买下了其中的十二只,每只的价钱比我们买的第一批羊便宜100法郎。我满心欢喜,希望这会是一笔成功的交易。他答应说,会在一两天内将羊群运到我们家。我们和他握了握手,一起走到了车边,然后再次为他送的小羊表示感谢。

"埃塞尔,养活孤儿小羊是很不容易的。它们很容易生病。"唐纳德在回去的路上说。

"我会好好照顾他的。"她说,并紧紧地抱住了小羊。

"不只是那样。我当然知道你会好好照顾他,我们也会帮你的。只是它的消化系统很脆弱,容易腹泻。腹泻的话,就太糟糕了——几乎没办法救活。"

唐纳德在加州大学的羊舍里工作时,就不时地经历这种事。我觉得他是在警告我们。

我们商量为他取名,在我的强烈要求下,决定用德密特里作为他的名字。我解释说,德密特里是一个罗马名字,而罗马人在很早以前就来到了普罗旺斯。在我们农舍附近甚至还保留着罗马时代的遗迹。我们还听说,有一条古老的道路从弗雷瑞斯港口出发,穿过我们门前的山谷,一直通往亚尔,然而我们现在还没有时间去探寻那条道路或者那片废墟。

我们一回到家,埃塞尔立刻就把德密特里带到了羊舍,用一个以前用过的木质葡萄采摘箱为他做了一张很特别的小床。然后她用稻草铺床,又放进去一条毛巾和一个填充玩具动物。

"给他做伴。"她对我们说。

我们热了一点儿牛奶,倒进之前埃塞尔为她的洋娃娃准备的一个小奶瓶里。埃塞尔把小羊抱在膝上喂牛奶,小羊柔软的小嘴吮吸着橡胶奶头。慢慢地奶瓶见底了。

"看啊,爸爸!他喝光了。我们还能给他喝点儿吗?"

她为自己的成功而兴高采烈,也很享受这一过程。德密特里将会成为她以后要照顾的许多动物中的头一只。这些动物包括小鸟、幼鼠和老猫。

"不行。我们不能让他喝太多。喝太多的牛奶会导致腹泻。早上再给他喂一遍吧,好吗?"

德密特里一直都体弱多病,四肢始终站不稳。三天后,他死了。我和埃塞尔都非常痛苦,唐纳德也为此感到难过。然而我觉得他从不认为这只小羊能活下来。这只失去母亲的小羊是我们养羊生活中遭遇的头一次损失。埃塞尔为他主持了葬礼,然后我们将他埋葬在了一个墓穴里。埃塞尔用红色的丝带绑了几根树枝,为墓穴做了一个木质十字架。不久之后,莱西也去世了,原因是欧蕾咖啡不停地踢她,造成了她内部器官的损伤。我们也埋葬了她,虽然葬礼简单了点儿。

// 02 //
瑞丽尔夫人的奶酪课

在回忆的过程中,我意识到,那时候我们的生活就如同世纪交换之初一样。那个时候,人们的日常生活主要依赖于他们的牲畜、果园以及从森林里采摘的各个季节的食物。到现在为止,普罗旺斯的所有食物都很美味,从野生蒲公英沙拉到奶油烤菜,从烤猪肉镶蓝奶酪再到炖兔肉。不管菜肴的制作是简单还是复杂,都是如此。

食物的烹调,以及它在日常生活中所扮演的角色,源于一种文化上对于食物原料未曾忘却的理解,以及一种认识力。这种认识力指的是知道使用哪些东西去喂养牲畜、种植庄稼、狩猎和收获,正如我和唐纳德、埃塞尔即将要成为牧羊人和奶酪制作人一样,这正是我即将要开始的生活。

随着怀孕山羊的肚子越来越大,我们也开始着手从事最为紧迫的任务——弄清楚怎样制作奶酪。奥迪伯兄弟把羊送过来的时候,我询问他们要怎么制作奶酪。可是他们却盯着我,似乎觉得我太笨了。

他们说,过程就是:先挤羊奶,然后添加凝乳酵素,等一晚上让羊奶凝结,然后用勺子把凝块舀到模型里,第二天,把奶酪翻个面,第三天,再翻次面,撒上盐。然后到第四天,奶酪就做好了。这些制作过程在我看来,特别是与我在美国读到的技术材料相比,实在是有点儿含混不清。因为那些材料所描述的奶酪制作方法更为具体。

所有的那些技术文字资料都把重点集中在卫生的重要性、加热杀菌、温度控制,以及挤奶和奶酪制作的机械化上。就算是在每期我都熟读的非主流杂志《地球母亲新闻》上,也很难找到任何关于家庭作坊山羊奶酪的生产方式。

我心想,从当地的奶酪制作人那里一定可以获得实用的信息。然而,那个时候,普罗旺斯内陆山羊奶酪制造业的奠基者们还没有长大成人,我根本没办法找到一个贩卖山羊奶酪的本地人。据我所知,大部分的山羊奶酪都不是本地产的,而是来自法国其他地区。

金字塔截面状的深灰色法隆塞山羊奶酪和有点儿硬的圆形夏维诺奶酪都是来自卢瓦尔地区,而卡比克干酪产自西南部的郎格多克省。其他山羊奶酪的产地是法国最大的山羊奶酪制作地区之一——普瓦图。然而这些奶酪中,没有一个做的是我们的朋友描述过的那种小小的、新鲜的圆形奶酪。我们想要拿来赚钱的正是这种易于制作的农场奶酪。

一天,我去一个小杂货店买米,正要离开时,一个女人叫住了我。

"我听说你在养山羊。"她说。

她介绍自己是拉霍斯特夫人。她的年纪比我大一点儿,有一头黑色的披肩卷发,笑容很灿烂,一双手因为干农活而变得很粗糙。我知道她是某个大型农场主的妻子。他们住在靠近葡萄园的一个小村庄里。

"我记得我的父母养山羊的时候,我的母亲会为我们制作新鲜奶酪。战后,母亲把羊群放了,再也没有养过山羊了。我听说你打算制作奶酪?"

"没错,但是我们正烦要怎么做奶酪呢。"我笑着说。

"要不然和我的母亲见一面吧,再问问她?我自己记不清楚怎么做了,因为我从来都没制作过奶酪,家里的都是我母亲做的。"

我接受了这一善意的邀请,还定好了在那天下午四点左右到她家,然后再一起去她的母亲家。

我到拉霍斯特夫人家时,她正坐在门口织毛衣。她看到我来了,马上站起来迎接我,顺手将正在织的毛衣放在椅子上。"你好,夫人。"她握着我的手说。

"我们走吧。"

"好,好,我已经准备好了。"她很友善,但是似乎比我接触到的其他人要粗鲁一些,她在蓝色印花连衣裙外面,很唐突地套了一件赭红色毛衣。她拿起了一个放在椅子边上的柳条篮,篮子里垫着报纸。

"走这边,我的母亲就住在这条路上,"她指着前面说,"在这个村子的边上。我就是在她现在住的那个房子里长大的。我的外婆也在那儿住。我是家里唯一的孩子。很幸运的是我嫁给了一个农场主,这些就是我们的葡萄园。"说着,她用手臂扫过了视野所及的葡萄园,在那里,晶莹的葡萄闪耀着光彩,葡萄叶掺杂着红色和黄色两种颜色。葡萄园面积大概有四五公顷,这在本地已经算很大的葡萄园了。

普罗旺斯十一二月的天空常常是明亮的蓝色，刚刚下过的雨洗去了所有杂质，使得天空的颜色更为耀眼而纯净。走在这条泥土路上，我产生出一种奇怪的感觉，因为身边是一位普罗旺斯农场主的妻子，而我们的目的是去学习山羊奶酪的制作技巧。在不久之前，我身边的同伴还是加州大学圣地亚哥分校的其他毕业生们，我们穿过崭新的大学校园，身边掠过的风景是钢筋水泥的现代建筑，目的是听讲座或者上课。那个时候，桉树、九重葛和四季常绿的草地是我们交谈的背景，而现在背景却是身后的葡萄园和橄榄树林。

拉霍斯特夫人似乎看出了我的心思，她说："这儿和加州肯定有很多不同。你的家在那儿吗？我是说你的父母还有祖父母。"

我的法语足够应付日常交流，但是在谈论个人经历或者抽象观点时，词汇量还是不够，也没办法体会语言用词的细微差别。我结结巴巴地解释说，我的父亲已经过世了，爷爷奶奶和外公外婆也过世得很早。他们之中有三个人，我甚至从未见过，我也不能经常见到我的哥哥。

"我的母亲再婚了，现在住在得克萨斯。"我说。

"太可怜了，你没有家，或者说是几乎没有家。我很高兴我的母亲就住在这儿，离得这么近，还有我的祖母也住在这儿，虽然她的眼睛已经看不见了。看，她就在那儿。"

一个围着亮蓝色围巾的女人站在一幢不规则的两层石头房边上，苍老的脸朝着太阳的方向。她穿着的黑色连衣裙和其他老妇人身上穿着的没什么两样，我猜想这是取材于某个时期寡妇们被要求穿上的黑色丧服。她身上毛衣的颜色是深粉色的，脖子上沉甸甸的项链反射出太阳的光芒。

"外婆！"拉霍斯特夫人大叫着，"我带一个客人来拜访母亲，一个美国人。还记得那些美国人吗？战争期间来的那些。"

那位老妇人的两只手都按在拐杖的顶部上。当我们朝她走近时，我注意到她戴着一条金手链和一枚金戒指。她的眼睛罩着一层淡蓝色的薄膜，深深地陷进了满是皱纹的脸中。微笑的时候，她干瘦的脸颊变得圆圆的。

"啊，我可爱的外孙女！你今天怎么样？"她的脸微微地朝她感觉到的我们的方向转了过来，于是我的同伴亲了亲她的两颊，然后把我介绍给了她。

"这就是那位美国女士。她正在养山羊，打算制作山羊奶酪。"

老妇人一只手拿着拐杖，另一只手朝我伸过来。我握住了她的手，她也握了握我的手。她的手结实而有力，手掌温暖而光滑。

"我还记得那些美国人。有一个记得特别清楚，"她笑起来，"很高大很英俊。我的房子曾经被德国士兵抢占过。他们四个人，霸占了我家差不多六个月，吃我们的鸡、我们的粮食。你现在还能在羊舍看到子弹打穿木头留下的孔，他们想射杀我们的鸽子。"

我感到诧异。德国士兵到过这里，就在这个农场。这里发生过怎样的故事啊！我想问她那些士兵什么时候来的，长什么样，具体发生了什么……还有许许多多问题，但我的法语还不足以一下子问这么多，而且我也不确定，第一次见面就询问这些是否合适，因此，我只向她表达了我的同情。

多年以后，小村咖啡厅曾举办过抗战英雄聚会，我帮忙制作午餐，当时，我想起了拉霍斯特夫人的外婆——她在我们见面后不久就去世了。普罗旺斯就是如此，不管我何时到那里，都会在无意中发现历史的痕迹。在那里，所有的过往都紧紧地联系在一起。我想，我——一个养山羊的美国人，也将成为那里的历史的一部分。

"妈妈，"拉霍斯特夫人叫着，这时她正朝房子后面巨大的蔬菜园走去。在那里，她的母亲拿着一把铁铲，弯腰挖着似乎是洋葱的东西。一行行卷心菜和甜菜在她周围完全对称地铺展开来，这个巨大蔬菜园的每一小片土地上，都生长着作物。就像拉霍斯特夫人的外婆一样，她的母亲也穿着一件黑色的连衣裙，然而身上的毛衣却是朴素耐用的暗蓝色。

"我带来一个美国人，你教她做奶酪吧。"

拉霍斯特夫人转向我，说："当然，我的外婆也会做奶酪，但是现在你不管问她什么问题，她都只会回答一些固定的话题，像是那些德国人、她死去的丈夫和她在尼斯的蜜月旅行之类的。"

"你好，瑞丽尔夫人。"我向我同伴的母亲问好，她认真地握了握我的手，于是我知道了拉霍斯特夫人是从哪里学到了她的处事方式。

"那么，是你想学习我们制作奶酪的方法吧。美国没有奶酪吗？"她的双手放在她的臀部上，眼睛上上下下打量了我一遍。

"有奶酪，但是没有山羊奶酪。我们的奶酪不像法国家庭作坊制作的奶酪。"那个时候，我的词汇表里还没有出现"手工制"这个词。我学会这个词已经是二十年后了，因为二十年后，在美国开始掀起了一阵手工制食品的潮流。

"嗯，我很高兴有人还会想要学习制作奶酪，其他人都不想再做这行了。"我心想，难怪我找不到任何山羊奶酪的消息，原来是现在已经没有人从事这项手艺了啊。

"我曾经拥有过七八只山羊，我为它们挤奶，然后制作奶酪，"瑞丽尔夫人说，"我卖掉多余的奶酪，我周围有些人也会帮我做，但那些人现在已经过世了，我一个人吃不消那么多活。但是我会告诉你怎么做的。来，进来吧。"

瑞丽尔夫人把装着湿面包和残余食物的碗推到了一边，那些碗是为外面的鸡群、一只狗和几只猫准备的，这些动物现在正在我们身旁来来回回地走着。我们跟随她穿过了一扇不停打开、关上的纱门，进入了厨房。那只棕白毛的西班牙猎狗被拴在一条链子上，它爪子所及之处都因为它来来回回的抓挠而变得光秃秃的。"我们不得不把它拴在链子上，要不然它就跑了，乱跑的狗会被杀死的。我的丈夫还要带它打猎去呢。"

这是我在普罗旺斯第一次受邀进入家庭厨房，然而我看到的却和我想象中的完全不一样。

在厨房里，没有真正的铜制平底锅——那样的锅会因为常年使用炉火而闪闪发光，没有裸露的木质屋顶横梁，没有滑石或者红色的瓷砖水槽，没有装满橄榄的赤陶罐，也没有颜色鲜亮的普罗旺斯印花布。简单说来，这儿和某个夏天我们在普罗旺斯的埃克斯市租的农场房舍的厨房完全不一样。

在接下来的几年时间里，我看到过各种不同的农场房舍和一些村子里的厨房，它们中的大部分都跟我那天看到的风格很相似。在20世纪50年代到60年代期间，许多厨房都进行了现代化改造，装上了室内水管和电气设备。在人造花岗岩和水泥瓷砖的白色实用主义水槽上，挂着一个白色管状搪瓷热水器。这些厨房的墙壁被刷上了好几层浅绿色或者奶油色的亮漆，看上去比较旧的地板会铺上红色的地砖；而比较新的地板则会铺上便宜的花岗岩地砖。在原先壁炉的位置会装上一个烧汽油或者木柴的炉子，有时候，壁炉架还会留在原地，只是在架子下面能够看到管道。在厨房的某个地方，会有用丙烷做燃料的两个灶的炉子，炉子的管子插进了烟囱的管道里，这样的话，既可以烹调也可以取暖。在角落里经常会看到一把装填得满满的椅子，或者一个背靠着墙壁的沙发。

初冬，瑞丽尔夫人的厨房很温暖。我闻到嘶嘶作响的压力锅里，散发着某种好像洋葱和大蒜的气味。我猜想，锅里煮着的有可能是肉或者干豆角。从蔬菜园里刚刚采摘下的新鲜蔬菜卧在水槽里，旁边还有她刚刚拿进来的一桶洋葱。许多汁水丰富的植物被种在小小的花盆里，摆上了窗台。一条用钩针编织的有橙、蓝和棕三种颜色的毛毯罩住了一张装填得很满的棕色椅子，椅子上方的墙上挂着一把猎枪。

"看这儿。"瑞丽尔夫人说，她把手伸进了壁橱里，"这是一个奶酪模子。"她拿起一个杯状陶艺品，里面的材质是光滑的赭土，外面是没有光泽的赤陶土，模子上被打上了规则的小圆孔。接着，她又从壁橱的更深处，拿出了许多不同大小的模子。

"这些都是我用过的。我想现在的应该都是塑料制的了吧。以前村庄里有个人会做所有我们需要的泥土制品——陶制的砂锅、泥制盘子、烤锅、碗和奶酪模子，但他在战争期间去世了。"

又是战争。我意识到，它离这些人的生活还是如此之近。战争结束的时候，她应该是二十五岁，她的女儿是在战争时期出生的。我又一次对那些德国人感到疑惑不解，在这个与世隔绝的地方，德国人驻扎在你的家中，然而你家里的男人却要远赴战场，这会是怎

样的一番景象啊?

"挤完奶后,趁着羊奶还是温热的,你要马上开始制作奶酪。千万不要等到羊奶凉了,你才开始做。把羊奶倒进一个大碗或者水桶里,然后再把凝乳酵素加进去。"

对于我来说,这一番理论实在是太重要了,我马上把自己关于战争的思绪抛到了脑后。

"要加多少凝乳酵素?"

"五升奶酪放一小滴就够了。不要太多了。如果你加得太多的话,奶酪就会变得像橡胶——到处都是洞,味道还会很苦。"

"然后呢?"我问她,害怕她已经说完了。

"然后你拿盖子把羊奶盖上,到第二天早上,它就凝结了。假如是早上挤的羊奶,那么就是到晚餐的时间凝结。接下来就是,拿勺子把凝结的羊奶舀进模型里,等着排出多余的水分,这就是那些

小洞的用处。第二天，给奶酪加盐，把它们翻个面，再排一天的水分。这就是整个过程了。"

"这就没了？那陈化呢？难道奶酪不会特别软吗？"

"当然是软的，因为那是新鲜的奶酪。每天你留着不吃，它就会变老一点儿。奶酪是一种活的生物，你知道的，就好像葡萄酒，它会变，就像我们一样，越变越老。如果你想要一块陈化奶酪，那么你就保留得久点儿吧。"

这个和美国农业部小册子上说的并不完全一样。

"但是假如你的奶酪做得好吃的话，就没有陈化这一说了。人们会马上买下所有的奶酪。现在很难找到新鲜的奶酪了，我们都很怀念啊，你说是不是，玛丽·皮埃尔？"她转向了她的女儿，玛丽·皮埃尔赞同地点了点头。

"那么，就这样了。"瑞丽尔夫人把奶酪模型放回了壁橱。

我很感谢她，然后我告诉拉霍斯特妇人如果她想留下的话，我可以一个人回去。她留了下来，于是我同厨房里的母女俩告别了。

我离开的时候，那条狗醒来了，朝我汪汪地叫着。它挥舞着爪子，使劲扯着链子。我小心翼翼地避开了它的领地，慢慢地走回了房前，拐上了来时的路。我的眼睛尽可能地扫视着家庭菜园，又要避免令人看上去鬼鬼祟祟的。往前走的时候，我的手深深地插在我的口袋里。

我在法国里昂的一家奶酪供应商的仓库里，上了我的第二堂也是最后一堂课。我们在一份有关山羊及其产品（主要是奶酪）的专业杂志《山羊》上读到了那家供应商的广告。

在那里，我们买了一个有着巨型漏斗的五十升盛奶容器、一个

被隔成三个部分的过滤器和一些纸质过滤材料,还买了一百五十个塑料奶酪模型和六个用于排干水分的不锈钢架子。

"你还会需要这些的。"在一旁等着我们的年轻人说。他指给我们看一堆看上去十分结实的白色塑料盆和木盆。

"你的奶酪房防尘、防虫吗?"我们还没有奶酪房,我们也很难肯定我们能做到完全防尘。

"不,"我说,"不完全。"

"如果是那样的话,我建议你买下这些带盖的盆,很方便的。"我看着他,笑了笑。

"你看,挤完奶以后,你要通过过滤器,把水桶里的羊奶倒到盛奶的容器里,对吧?"

"当然,是这样的。"瑞丽尔夫人并没有说明这一部分。

"所以,我建议你把温热的羊奶倒到塑料盆里,再加点儿凝乳酵素,盖上盖子,把塑料盆放在温暖的地方,十二个小时后就会凝结。盖子能防尘和防虫。"

他继续解释说,凝结后的羊奶必须直接拿勺子从盆里舀到模型里,那些模型都是放在一张起皱的塑料纸上——如果我们需要的话,他也能提供。乳胶能够促使多余的水分排到桶里或盆里。接着,他还说起了翻面和朝奶酪里加盐的事情,这些和瑞丽尔夫人告诉我的没有什么不同。

我们买了两个带盖的盆和一升凝乳酵素。即使每升羊奶里我们有可能只会添加一点点,我们还是想保证,在即将到来的产奶季节里有充足的库存。

我们的农舍并不完全属于我们自己,而是和一个朋友共同买下的。我们经常会去欧洲的各个城市转转，此时，我们中的某个便能留下来看家，保证奶酪生意的正常运行，这样我们就能共同分享一份平静的田园生活了。然而，从很早开始，我和唐纳德就明显地感觉到，这种共同生活并不适合我们，再加上那个朋友又有了新的爱人，于是我们开始考虑，带上羊群寻找另一个能安家的地方。我们寻找的目标必须带羊舍，还要有可供我们购买的几块土地。在往返里昂的路上，我们商量了这件事，打算回去后，告诉我们的同屋人乔安妮和盖尔德这一决定。他们买下了属于我们的那部分房屋产权，而我们则买下了属于他们那部分羊群所有权。

虽然分开了，但我们仍然是很亲密的朋友，后来我们两家带着自己的孩子，在普罗旺斯共同度过了许许多多个夏天。我和乔安妮的友谊跨越了四十年，经历了两任丈夫，三个孩子、六个继子女和一生中所有的回忆。

// 03 //
蕾妮特分娩之夜

我们穿过山谷,到达了新家。距离山羊生产的日子只有几周了,我和唐纳德把精力都放在了放养羊群上。房子还是租的,我们打算过一段时间,再考虑置办属于自己的新家。

租来的新家破旧不堪,不过房顶还算好,租金也比较便宜。房子是西南朝向的,土黄色的石块几乎整天都沐浴在日光中,我非常喜欢这一点。房子旁边有一口井,屋内有一个没有通电的壁炉。我们装上了新的窗户、水槽和一个能放两口丙烷炉的厨房台,还装上了一扇玻璃门,这样就可以让光线照进楼下唯一的房间——那是厨房兼起居室。

唐纳德从一个已经七零八落的老式葡萄酒榨汁机上弄下来几块橡木,做了一张床。我们把床放在了楼上的大卧室里,卧室旁边小一点儿的房间则给了埃塞尔。穿过大卧室的一扇门,可以直接进入后面的阁楼,这便于我们在干燥的环境里,储存山羊要吃的牧草。我们在楼下的厨房里,同样也安了一扇门通向羊舍,这样就能更方便地管理羊群了。我在楼梯下的空间里,搭起了一个小小的、有纱门的奶酪房,房间的大小刚好足够放下排水和养护架,以及一个接乳清的水桶。

在宽敞的羊舍边上,我们搭了个羊圈,所用的材料是从房子后的森林里砍下的结实的橡木枝和松树枝,这样羊群就能自由地走出羊舍又不会到处乱跑了。唐纳德还做了个槽装牧草,就这样,在第一批小羊诞生之前,我们已经尽可能地做好了准备。

安顿下来后,我们邀请新的朋友们来共进晚餐。其中有当地的老师丹尼斯·芬和他的妻子乔琪特。他们都是艺术家,在布置新家的过程中,帮我们做了一些活。还有马克和妮娜·哈格,他们是一对美国夫妇,来这个小村庄过冬,也帮了我们不少忙。

我用野玫瑰为壁炉上烤着的猪肋骨肉调味,这之前,我从来没有尝试过在壁炉上烹调美食。现在就算我想到了这个主意,我的烤肉技术还是不行,结果半边肋骨肉被烤焦了,一部分原因是在烛光下,我很难辨认出肉烤的程度。我还在祖母的荷兰铸铁炉上,烹调填满了食材的美洲南瓜,结果却煮过头了,本来就是过季的南瓜,现在变得更加软绵绵,又没有水分。幸运的是,我从面包房里买来了坚果馅饼作为甜点,再加上有葡萄酒的加持,餐桌上谈话的气氛十分愉悦。这之后的好几个月,我们都没有邀请过客人共进晚餐,不是因为不想,而是因为我们实在是太忙了。

白天,我们刚刚好有足够的时间来完成一些基本需求——食物、取暖、衣服和清洁。这意味着首先做的是拖运并烧开水、生起要燃烧一天的火、照顾羊群、挤奶和制作奶酪。然而,直到蕾妮特用了十个多小时分娩时,我才意识到我们的生活和厨房后的羊舍里的动物们联系得有多么紧密。

是埃塞尔拉开了整个事件的序幕。

"快来！我觉得蕾妮特不对劲！快！"

蕾妮特躺在她身边，呻吟着，两只眼睛向后翻。我们赶紧把出门的唐纳德叫了回来。唐纳德跪在蕾妮特身边，轻轻地压了压她的肚子，抚摸着她的肋腹。

"她越来越虚弱了，如果我们不采取什么措施的话，恐怕就要失去她了。我感觉不到胎动。我试试。也许先出来的是臀部，得先让小羊转个方向。"

我烧了水，唐纳德洗干净手后，擦了点儿凡士林。当唐纳德尝试着把手伸进去时，埃塞尔就站在我们身边。

"我摸到了，我觉得应该是小羊的背。这样是生不出来的。"

蕾妮特虚弱地咩咩叫着，她看着唐纳德，似乎知道他在帮助自己。

"我的手太大了。你试试。"

"我的上帝啊，我不行！我做不到。"

"乔治妮，你必须试试。如果我们不帮她把小羊生出来的话，她会死掉的。我们必须帮她。"

我试了，但我的手还是太大。唐纳德转向了埃塞尔。

"埃塞尔，你能帮忙吗，像我和妈妈刚才那样？"

"我可以的。"埃塞尔回答说，声音很有力，神情很坚定。她穿着我为她做的红白格子花纹的连裤衫童装，脚上穿着她厌恶的棕色系带鞋，披着的头发贴着她的脸庞。

"等一下，"我说，"我给你把头发扎好。"她不喜欢把头发扎到脑后，但她还是让我扎起了马尾辫，并且用发卡把刘海往后夹好。

暴风雨即将到来，天空正一点点变得阴暗，慢慢吞噬了本来就在减弱的日光。远处,第一声雷隆隆地轰鸣着。羊群焦躁不安地想要我们为它们喂食和挤奶。我和埃塞尔洗完手回来时,我带了一盏露营提灯,挂在了羊舍一根横梁的钩子上。

"你准备好了吗?"唐纳德问埃塞尔。

埃塞尔点了点头。唐纳德给她手上擦了凡士林,然后引导她非常温柔地把手伸进去。

"我摸到了腿。"她说,她的头紧紧地贴着蕾妮特的肋腹,"等一下,是两条腿。我觉得我摸到了蹄子。"

"很好,埃塞尔,现在你要非常温柔地拉拢蹄子,让它们朝着你的方向。如果能并拢蹄子的话,就能把小羊拉出来了。"

唐纳德一直在抚摸蕾妮特浮肿的腹部,轻轻地安慰着她。我也照做了。蕾妮特没有反抗,乖乖地躺着。

可惜小羊还是没有活下来。我和埃塞尔都哭了,我们坐在羊舍地板上堆积的一堆稻草中,她的双臂紧紧地抱着我的腰,头埋进了我的膝盖中,我们哭泣着,为刚刚受到的惊吓,也为蕾妮特失去的孩子。

我从没有想到生与死之间只有一线之隔,也没有做好准备去面对它。然而唐纳德却不同,他在加州大学戴维斯分校学习了五年,一心想成为一名兽医。他以前见到过这种事情,也明白这同样也是饲养动物的一部分。我在理智上明白这些,却不能从情感上接受这一事实。

那个晚上我们睡得很晚。唐纳德最后终于把死去的小羊弄了出来,蕾妮特也排出了胎盘。他给了她一些抗生素,确保她能感到舒服点儿,而我和埃塞尔给羊群喂食紫花苜蓿和大麦,还给它们喂

了水。

第二天早上,第一个出现在我们脑海里的就是蕾妮特。赶到羊舍,我们发现她颤抖地站立着,她的乳房因为涨奶而变得硬硬的。幸运的是,她没有染上乳腺炎,我们还可以为她挤奶,减轻她的痛苦。她的身体一直在恢复中,最后,她成了羊群中最能产奶的山羊。

// 04 //
法式乡村山羊奶酪

为了让小羊的生命有个良好的开始,我们会让小羊和妈妈一起生活两个星期,然后再把它们分开。我们用一种混合奶粉喂养小羊,奶粉是我们用承重二十公斤的口袋,从一小时左右路程外的饲料店买到的。

我做的奶酪没有成功,但那不是山羊们的错。它们都是产奶能手,并且接受了我们作为它们的新主人。它们允许我们把水桶放在它们后腿的后面,然后它们会往后蹲下来。我们会从它们的乳房里挤出羊奶。每只山羊的乳房都不同,于是我们学会了通过乳房的形状和颜色来辨认它们,我们还熟悉了每只羊不同的产奶方式和时间间隔。有些山羊吊着的乳房长得长长的,乳头看上去就是乳房的一部分,这种山羊产奶比较顺利,挤奶时间长,羊奶能一滴不漏地流进水桶中;还有些羊的乳房很丰满圆润,小小的乳头凸出在乳房侧面,给这种山羊挤奶会困难一点儿,当我尝试着调整乳头的角度对准水桶时,常常会漏掉一两股喷射出的羊奶。

早晨和晚上,我和唐纳德经常一起挤奶。我们把羊的项圈别在食槽上。在那里,我们给每只羊都准备了半碗切碎的大麦——这是

一种有名的能够提高羊奶产量的谷物，但是如果整个吞下的话，是不易消化的。为每只羊挤完奶后，我们就会把水桶里的羊奶，通过双层过滤器倒进羊奶罐里。当所有的羊都挤完奶后，我们会马上把羊奶罐搬进房子里，然后把奶倒进我们在里昂买的白色塑料盆里，再加入凝乳酵素，盖上盖子。

我做的第一批奶酪简直不能食用，质量粗糙还呈颗粒状，满是气泡，又酸又苦。看着它们从凝块变成奶酪，我充满了希望，直到第三天——理论上是奶酪食用或者待售的日子，我才承认这些奶酪一文不值。我把一块奶酪带给瑞丽尔夫人看，问她到底是哪里出了问题，她告诉我，我加了太多的凝乳酵素。于是我就把所有的奶酪扔进了肥料堆。

第二次我减少了凝乳酵素的添加量，在二十升左右的羊奶里只加了一滴。凝结期间，我用厚重的被子包裹着装奶的塑料盆保持温度，然后默默地祈祷着。二十四小时后，羊奶没有分离成凝块和乳清，却变得又稠又浓。当我尝试着把它们舀进模型时，它们却从模型的孔中漏了出来。看起来似乎是因为我没有添加足够的凝乳酵素。我又等了十二个小时，期待在这段时间，羊奶可以形成凝块，然而奇迹没有发生。于是，它们又被扔进了肥料堆。

我花了一个多星期试验出了正确的凝乳酵素添加量，又用了点儿时间学会了保持盆里的凝块的温度。最终，我做出了可以食用却不能贩卖的奶酪。我一直努力，不让唐纳德和埃塞尔看出我日益增加的绝望。有一天，我从模型中取出了一批感觉有点儿不同的奶酪，每一个奶酪都圆圆的，上面有因为模型而形成的小小的不平之处，当我最后一次为它们翻面的时候，感觉它们变得结实了。它们泛着闪闪的白光，看上去很有食欲，和我之前的成果一点儿都不同。前几次我做出来的奶酪是灰白色或者淡黄色的，表面凹凸不平，还特别滑。

我将一块刚刚做出来的奶酪放在盘子里，然后在边缘处切下 V 字形的一块。奶酪的里层结实而光滑，乳脂很丰富，呈白色，一点儿都没有出现我先前害怕看到的气泡。我尝了一口，很软，有一点点盐味，味道非常棒！我把唐纳德和埃塞尔叫过来品尝，然后我们手拉着手，绕着圈跳起了舞。我们做到了！我们制作出了老式的农场山羊奶酪！后来，我学会了很好地控制凝乳酵素的加入量，以及凝结的温度要求，做出了很棒的奶酪。每个人都说得没错，过程的确很简单——但完全掌握却很困难。

我拿出了一个月前从里昂订购的商标，那些商标是赫紫红色的金属薄片，镶着凸起的金边，上面用金色的字写着唐纳德的名字和我们的地址，还根据法律规定，加上了奶酪的脂肪含量。

我做出了两打奶酪，在每个上面都贴上标签，然后小心地把盘子放到一个浅浅的木质条板箱里，又在箱子里衬上了食品级别的蜡纸。那天下午，我带着这些奶酪走访了许多我认识的人，想让他们尝尝味道。拉霍斯特夫人和她的母亲宣告奶酪做得很完美，一人买了两块。乔琪特和丹尼斯·芬发誓这是他们吃过的最好吃的奶酪，他们买了三块，其中一个送给了正在家中做客的乔琪特的父母。乔琪特把我介绍给了福安科伊斯·兰米，她也买了两块。我们从兰米家出来，穿过马路就是玛丽和马索·帕拉佐利家。玛丽和马索没在家，门却开着，乔琪特带我进了门，让我给他们留下两块奶酪，声称过一阵他们会付我钱的，不用着急。

在乔琪特的坚持下，我把剩下的几块带到了一个有点儿名气的乡村旅馆。经营旅馆的夫妇有点儿令人畏惧，因为人们说老板娘是一个老泼妇，老板虽然和蔼有魅力，但却是一个酒鬼。

我想午饭过后下午四点钟应该是一个合适的拜访时间。我按乔琪特说的，踏上了后面通往餐厅厨房的台阶，正要敲门时，门开了。

"嗯？你要干什么？"一个高个女人出现了，她的脸冲着我。她的橙色卷发绑了个发髻，睫毛膏涂得又浓又密。

"乔琪特让我过来的。我是美国人，我带来了一点儿山羊奶酪，我觉得你们肯定会喜欢的。"

"乔琪特和奶酪，怎么了？"男人的声音从后面传了过来，一个高瘦男人出现在了门边。他穿着厨师的白衣，看了看我端着的一箱奶酪，让我进门了。

女人耸耸肩，往后退了一步："进来吧。"

我进去了，在我面前出现的是一个普罗旺斯风格的厨房，里面有沉重的木质天花板横梁，上面挂着不同大小的铜壶和平底锅，其中一面墙壁上砌了一个壁炉，里面的火苗还在跳跃着。一个长长的黑色烤肉架上，挂着好几个砝码和秤锤，陶艺的奶油蔬菜盘堆在几个大汤罐旁，架子上摆着许多普罗旺斯风格的盘子以及绿色和赭色的大浅口盘。他们的剩菜摆在一张长而厚重的木桌的一端，桌子几乎有房间那么长，上面满是疤痕，桌子的另一端还摆着一对没有拔毛的山鸡。

"放这儿吧。把奶酪放这儿，"男人说，然后他伸出手来，"我是杜威维亚，这是我的妻子杜威维亚夫人。"我们互相握了握手。

"请坐，请坐。"他把一把椅子放在了桌子旁边，就在剩菜和那对山鸡的中间,然后做了个请的手势,"来一杯咖啡怎么样?我们正好煮了一些。"我接受了他的提议,寒暄了几句后,他说:"现在,让我们试试奶酪。"

他拿出一把小刀,就像我先前做的那样,切下一小块,先让他妻子尝了尝,然后自己又尝了点儿。吃完后,他们什么都没说,我的心沉了下去。如果这些美食专家不喜欢我的奶酪,那我真的不知道该怎么办了。我开始恨乔琪特把我送到这里来,我的胸膛一阵发紧,眼泪也快要夺眶而出了。于是我站起身打算离开。

"太美妙了。真的太美妙了!"杜威维亚先生叫嚷着,"一个美国人怎么可能做出如此地道的法式奶酪啊!我要先把这些全都买了,然后我们再商量下一步。我要自己陈化几块,再剩下几块新鲜的,对,对,是本地奶酪。太棒了!"他紧紧地抓着我的双手。

杜威维亚夫人笑了:"亲爱的,真的很棒,的确美味。如果我丈夫喜欢的话,那真的是很高的赞美了。他很挑剔,这就是为什么人们甚至会从巴黎赶来吃他做的美食了。"

我把奶酪留给了他们,收了他们32.5法郎,兴奋地走上了回家的路。我迫切地想要告诉唐纳德和埃塞尔,这个有关我们自产奶酪获得好评的消息。

接下来,我把我们的奶酪卖给了那家旅馆和当地的食品店。在巴若尔星期六的集市上和一个小村庄广场上星期三的集市上,我是唯一的奶酪小贩。人们走出家门,只为我的奶酪。

赶集那天,我五点就起床挤羊奶,制作奶酪,再把奶酪装到架子上,固定在我们蓝灰色小车的后部。小车大概是1958年买的。到达集市后,我在指定的地点架起桌子,展示我的奶酪。我给每一块

奶酪都贴上了商标，然后再用白色的塑料网罩住它们，目的是防尘和防虫。

人们买下我的奶酪，我会用羊皮纸包住后给他们，然后把钱放到一个小金属盒子里。随着人们的口耳相传，我有了回头客。人们甚至会到我家里来买奶酪，有时候一买就是一打。但是到我家的路并不好走，崎岖不平，道路上灰尘满天，甚至还要跨过一条小溪。

我们的房子在森林边上，从春天到夏天再到初秋，陪伴我们的是羊群以及后来买的一头猪。我们很清楚地意识到，我们不能在那儿过冬，特别是在我怀孕以后，降雨经常使得道路无法通行，壁炉也不能提供足够的热量，并且随着白昼越来越短，黑夜经常很快就降临了。

丹尼斯和乔琪特·芬为我们提供了一处可供租赁的房子，它有三个小房间，包括一个厨房和两个卧室。这处房子曾经是一个砖瓦厂，他们把它叫作蜂巢。在废墟中的大缸里，他们发现了储藏的泥土，便用这些土建了这个小房子。在整修旁边的大房子时，他们和两个孩子就住在这个小房子里。我们决定接受他们的好意。羊群和猪还留在原来的地方，我们每天穿过山谷去照看它们。

我热爱我的新厨房，它很舒适，有一个木制的炉子、一个通了自来水的圆形的石灰岩水槽和一个光洁的红色瓷砖铺设的厨房台。厨房台上面装着一个很常见的两孔炉、一张嵌入式餐桌，餐桌的三面都摆上了艺术雕刻的白色塑料长凳。里面还有一个大橱柜，它后面有一部分装了纱门，可以让空气自由流通。最开始，我们把它当冰箱用，后来就成了放奶酪的地方。这里还有一个更大的夏日室外厨房，屋顶满是常春藤，一条红色地砖铺成的通道穿过了整个房子，一直通向一个宽大的庭院。院子边上栽种着月桂树、迷迭香，还立着一面残留下来的石墙。

随着冬天的来临，孩子的预产期也临近了，我开始烹调浓稠的蔬菜汤和炖肉。我把它们放在木制的炉子上，一次就要炖上好几个小时。埃塞尔则站在脚凳上，第一次使用炉灶制作煎饼。我的厨房里总是飘荡着香味，那是因为我采集了野生百里香和迷迭香，把它们挂在厨房的椽上。做晚餐的时候，唐纳德总是大声地为我们读故事，埃塞尔则在一旁画画或者同蜷在她脚边的宠物——我们的狗"土恩"——玩耍。终于，我开始有了家的感觉。

炸面包山羊奶酪沙拉

在普罗旺斯的时候,我经常做这道沙拉,因为我是如此热爱那里的山羊奶酪。我在加州也做过,但是很难找到一种中等干度的山羊奶酪。炸面包时,请一定使用特级原生橄榄油,否则口味差别会很大。

食材:

法式棍形面包	一根
中等干度的山羊奶酪	一块
新鲜蔬菜	两把

调料:

大蒜	两瓣
特级原生橄榄油	适量
海盐、黑胡椒粉	适量
红葡萄酒醋	适量

做法：

一、炸面包

1. 将法国棍式面包切下一两片，大蒜剁碎
2. 锅中放少许橄榄油，放入面包片，两面炸至金黄色，再放入蒜末
3. 炸好后捞出备用

二、调料汁

1. 碗底倒入橄榄油，能盖住碗底即可
2. 再倒入红葡萄酒醋（橄榄油的1/3）
3. 放两三撮海盐和一点点黑胡椒粉
4. 搅拌均匀

三、混合

1. 将两大把新鲜蔬菜撕碎
2. 将撕碎的蔬菜放入料汁中搅拌均匀
3. 再放入新鲜的大蒜末和炸好的面包片
4. 把奶酪在烘焙工具中烤至熔化，放在拌好的沙拉上

炸面包山羊奶酪沙拉就完成啦！

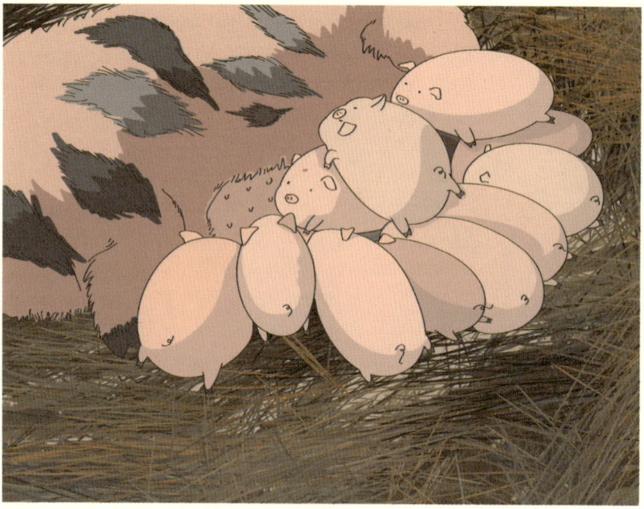

第二章

一 头 猪 在 普 罗 旺 斯

📍

"好吧"
"让我们再看看"
"进来喝一杯吧"

// 01 //
新成员露克丽西亚

当我们从高斯先生手里买下那头猪时,我们并不知道,我们即将参与到这一地区某项历史悠久的活动中。唐纳德在加州大学的戴维斯分校读书时,在猪舍和羊舍里都工作过,他也一直很想养猪。而且买头繁殖母猪、饲养架子猪也很适合我们制作奶酪的工作,因为我们可以把高蛋白质的乳清和麦麸混合在一起喂猪。

"我不明白。"高斯先生说,他往下拉了拉头上的蓝帽子。

这时我们正往一座低矮的石头房走去。"母猪很娇贵、敏感。你必须认真对待它们。"他拉开猪舍沉重的木门上的金属门闩,推开了门。十几头体形巨大的猪全速朝我们奔来,幸亏猪舍周围安了结实的铁扶手,要不然我们一定会被撞倒在地。它们鼻腔里发出咕噜声,互相冲撞着,粉红色的眼皮上长着硬硬的白色睫毛,一闪一闪地眨着眼。它们使劲挣扎着要跑到主人面前,主人挨个在它们耳后挠了挠。

"亲爱的猪猪们,不错,不错,我就在这儿。啊,是啊,你真漂亮,你也是。"他微笑着转向了我们,"看看它们多漂亮,非常有感情。"唐纳德和高斯先生一样,也很喜欢猪,觉得它们敏感又有趣，于是他也挠了挠它们的耳朵。我不太熟悉猪的性情，只好安静地站在一旁，心里有点儿害怕这些强壮的家伙。埃塞尔在我身后的安全范围内，专心致志地打量着这些发出咕噜声、长着粉红色鼻子的动物。

接着，高斯先生把我们带到猪舍的另一边，迎接我们的是小猪的尖叫声和嘎吱嘎吱声。在猪圈的水槽边上，一群小猪互相喷着水，争先恐后地朝我们跑了过来。高斯先生把手伸进猪群中，提起一只小猪的后颈，把它挑了出来，递给在一旁伸手等候的唐纳德。这时小猪仍尖叫着、不停地蹬着四只蹄子。唐纳德把它递给了我，我尝试着用抱小猫小狗的方式把它揽进了我的臂弯里，然而它却歪着身子，紧张不安地扭动着。

"不，不。"他们俩都叫出了声，唐纳德一把抓住了小猪的后颈。

"你要这样抱着它。"唐纳德说。他向我演示了一种我觉得有点儿野蛮的动作，但是效果却很好。然而我还是抱不牢小猪。这只猪体形很小却很结实，充满了能量。它小小身体里爆发出惊人的力量。在它扭动尖叫的时候，我用手臂环绕住它，并尽可能地抱紧它。虽然我正紧紧地抓着它的后颈，但我还是害怕它会蹦出我的手臂。

"这儿，接着吧。"我带着虚弱但热情的笑容对唐纳德说。高斯也笑了笑，点了点头，从唐纳德手里接过小猪，把它放回了它的兄弟姐妹中。

我们站在一起，手肘撑着扶手。高斯先生拿出了一袋高卢烟草和一包卷烟纸，把烟递给我们。我们一起卷上纸烟，舔了舔，使烟卷粘上。他又从口袋里掏出了一颗硬糖，递给了埃塞尔。

"猪真的很聪明，"他说，"在我的生命中，至少有一头猪陪伴

着我。除了我在巴黎的那段时间，那个时候我还年轻。巴黎是个美丽的城市，但我还是回家了。"他点燃了我们卷好的烟。"我儿子喜欢葡萄和果树，但他对养猪却不怎么感兴趣。他的妻子不是这儿的人。对了，你们从哪里来的？"他转身看着我们说道。

"我们从加州来的。"我回答说。唐纳德解释说他是在旧金山长大的，后来在南加州生活，也是在那里上的大学。

"你学的什么？"

"先是农业，然后是哲学。乔治安娜学的是历史。"

"嗯，你们为什么要到这里来？"高斯先生问。

用法语谈论天气、动物或者农业并不是什么难事，但是要解释为什么一个准哲学博士生和一个加州大学圣地亚哥分校的历史学博士生要带着他们的小女儿，告别以前的生活，在普罗旺斯买下农场和一小块土地来制作奶酪，这又是另外一回事了。

"我是在普罗旺斯的埃克斯市上的大学，后来又在那里结的婚，我们一直都很喜欢法国。因为越南战争让在美国生活变得很困难，所以我们想试着在这儿生活下去。"我说，并紧紧地抓着埃塞尔的手。这是我能给出的一个最详细的解释了。

"嗯。"高斯先生熄灭了他的烟，把烟屁股塞进了口袋里，"你们住的地方还养着山羊吧，那儿很适合养猪。我现在已经退休了，也老了，留着这些猪有点儿吃不消。虽然我有很多顾客，他们每年都等着我养好猪，再从我这里买猪肉，然后把猪肉做成火腿、罐头肉酱，或者任何猪肉制品。这周围除了我没人卖小猪，我不想让别人失望。"

他走向了他的房子："那么，你正在考虑养几头猪，是吗？"

先前唐纳德已经说明了我们的背景，而且我也能看出来，就算我们没说，高斯先生也明白唐纳德懂养猪的事。

"好吧。让我们再看看。进来喝一杯吧。"我们跟着他回到了他在村子里的房子，房子离猪舍多少有一点儿距离。他的妻子微笑着打开了门，示意我们请坐。就像许多差不多岁数的当地女人一样，她身材矮小结实，柔软的灰白色头发在颈部绾成一个圆发髻。

厨房里淡绿色的福米加桌子上，摆着一个装满了水的透明玻璃葡萄酒瓶，旁边有茴香酒、石榴汁、薄荷和巴旦杏仁糖水各一瓶以及五个玻璃杯。番茄和香肠的香味弥漫在厨房里，我猜想，那香味是从炉子上橙色搪瓷砂锅里散发出来的，因为那砂锅里正在炖着东西。马上就到中午了，我们离开后，这对夫妇就会坐下来，享用这道可能比较油腻的炖菜，旁边还会摆上几片自制的火腿肉、罐头肉酱和新鲜出炉的面包。而我们会回家吃加了油炸洋葱、大蒜和胡萝卜的面条，用的是当季的野生迷迭香和橄榄油。在那些日子里，我们的预算不允许我们吃太多的肉。

"请坐。"高斯先生说。我们都坐下来。第一杯喝的先端给了埃塞尔。虽然她只有三岁大，在法国仅仅生活了六个月，但她已经学会了法语中许多表达礼貌的词语。在被问到要喝点儿什么时，她会回答："石榴汁，谢谢。"

"喜欢喝茴香石榴酒、派罗奎特鸡尾酒，还是莫莱斯库鸡尾酒呢？"这次他转向了我们，用法语问。看到我们一脸茫然，他大笑了起来，"把茴香酒和石榴汁混合起来，就成了茴香石榴酒。茴香酒和薄荷混合是派罗奎特鸡尾酒。巴旦杏仁糖水加上茴香酒就成了莫莱斯库鸡尾酒。"但我仍不知道巴旦杏仁糖水是什么。

> 莫莱斯库鸡尾酒：法文原文为moresque，意为"摩尔人的"。

"是一种杏仁味的糖水。说起来还是摩尔人把杏树带到了普罗旺斯，这就是我们为什么叫它莫莱斯库鸡尾酒。"他的妻子朝他微笑着，在他为我们倒上酒时，她轻轻地摸了摸他的大手。没有多问，他就为她倒满了杯子，是加了水的巴旦杏糖水。"请吧。"他说。于是我们都拿起杯子品尝。他摘下帽子，谢顶的头上还有几撮灰白的头发，"明天我还会去一趟，看看能不能从我的小猪里为你们挑出一头最合适的。"

我们谢过了高斯一家人的款待，起身打算回去。因为已经差不多中午了，按照礼节我们要在午餐前离开。"等一下。"高斯先生说，他走进厨房，拿了一个小玻璃罐出来，玻璃罐里面装着肉酱，"试试这个。"我们再次握手，向他表示感谢，之后便回家了。我们走上了一条灰尘扑扑的小路。这条小路从小村庄通往主路，车往家的方向驶去。

回到家后，我们拉开了固定在罐子盖上的金属扣，看到里面有一个圆圆的肉酱团，肉酱团外面包着富含乳脂的白色猪油。唐纳德切下几片在回来的路上买的面包，把面包片和肉酱一起放在了餐桌上。我坐下来，拿出一些醋渍小黄瓜，先把一点儿猪油涂到了面包片上，接着就像之前看到其他人做的那样，加一点儿肉酱，午餐就做好了。我把这片面包递给了埃塞尔，她马上吃完了，并且还想吃。要不是想要留一些下次吃，我们完全可以吃光整罐肉酱。

经过多次拜访、交谈，以及享用茴香酒后，高斯先生决定卖给我们一头年轻的母猪。这意味着我们将会拥有一头繁殖母猪。她会是我们的宠物，我们将饲养她多年，所以要为她取个名字。繁殖母猪是用来生小猪的，一头好母猪一年能产下两到三窝小猪，每窝平均十二只。小猪长了六个月后，就可以作为架子猪（就是养一年后就可屠宰食用的猪）卖给农场主。繁殖母猪大概有五六年的生育时间，直到老到不能生小猪了，才会被送去屠宰。

"你还可以养她几个月，然后再把她带到我这儿来和公猪交配，四个月后她就能生下猪崽，然后就好办了，因为五到六个月后，猪崽就能出售。我会让我的客人光顾你的生意的。还有，如果你想要一些木柴的话，就来找我，我今年还有些剩余的。"

高斯先生成为我们的朋友，他经常过来看我们，而我们给那头猪起名为露克丽西亚。高斯先生特别喜欢埃塞尔，他经常从口袋里掏出一些糖果送给她，他也经常送一些东西给我们。我即将生下第二个孩子，高斯先生对此也很高兴，他经常询问我感觉如何。在我们买下露克丽西亚不久后的一天，他为我们带来了好几根黑色的猪血香肠和一些新鲜的猪蹄。一天晚上，我在芬家的餐桌上被迫吃下了一根猪血香肠。芬是我的房东，也是我们的好朋友。从那以后，我开始喜欢上了这种食物。我很高兴能再次吃到它。那天晚上，我用乔琪特教我的方法烹饪猪血香肠，先把猪血香肠放到黄油中慢慢炸，直到边缘炸脆了，颜色变深了，然后用煮过的苹果和马铃薯泥和着它一块儿吃。

我不知道该拿猪蹄怎么办，于是打算跑到隔壁去问问乔琪特。

她比我大九岁，精力充沛，并且十分适应田园生活，似乎知道所有生活技巧。"每只猪蹄都对半切开，绑上布条，然后用文火煮，煮大概五个小时吧。之后等它们冷却下来，拿下布条，整个都涂上橄榄油，再把面包屑、盐、辣椒和芳草混合起来，撒在猪蹄上，接下来再用油炸。哈哈。"她闭上了眼睛，咂着嘴。

我无法想象我自己切开光滑、柔软的白色分趾猪蹄，然后再吃下去，所以我把猪蹄送给了她，解释说我没有时间来烹调猪蹄。（我还清楚地记得，有一次在柏林点的猪蹄豌豆汤。豌豆汤很浓稠，但是从里面冒出来的猪蹄留着几根猪毛，我不知道怎么吃下去，或者它是否可以吃）当一向大方的乔琪特没有回赠我一块炸猪蹄时，我就明白，我错过了一道美食。

后来，我了解到，我们收到的是一件传统礼物。猪会在每年冬季被屠宰，屠宰会持续一个月到一个半月。猪被宰杀完后，会赠予亲戚或者邻居几块猪肉。在商品供给不足的冬季，屠宰能保障小小乡村的食物供应。这同样也是建立和保持友谊的时机，因为这一传统号召人们：把一定分量的猪肉或者已经做好的食物，送给在屠宰当天的庆祝午宴上没有到场的亲人和朋友。每个人都很清楚，这些礼物是根据亲疏关系分发到各家的。虽然在现代早已没有送猪肉的必要性，但我们在普罗旺斯的头几年，这一传统还保留着。我想我们应该是最后一批经历这一传统的人了吧。

露克丽西亚头一窝生了十四只小猪，每只都和一个成人拳头差不多大小。当看到猪圈里挤满了小猪崽时，我却感到很恐惧。露克丽西亚翻了个身，挣扎着想要躺得更舒服点儿，却压住了两头小猪崽，这样下去，恐怕还有更多的猪崽会被她压到。我对此手足无措，正好今天唐纳德为了补贴家用正在把鸡群运往土伦，我也没办法叫他回来拯救小猪。于是，我立刻带着埃塞尔，开车找高斯先生寻求帮助。他马上开上他的雷诺车，颠簸过灰尘扑扑的道路，赶到我们的猪舍。

"现在，我的美人啊，对的，我的爱人，你会没事的。你是多么可爱的一位母亲啊。你有这么可爱的孩子们呢。对啊，你做得太棒了。"他一边抚摸着露克丽西亚，一边温柔地挪动她的位置，把她身下死去的小猪崽们挪出来，再把其他小猪崽转移到安全的角落，然后他站了起来。

"过一小会儿，她就会平静下来了。好了，小丫头，好了，好了，我的小家伙。对的，亲爱的，干得好，干得好。可爱的小婴儿们。对，就这样。"他一边轻声细语地说着，一边指引她侧躺下来，露出乳头。小猪们急急忙忙地赶过去，一阵混乱过后，每一只小猪都含上了乳头，安安静静地吮吸着。高斯先生和我又往露克丽西亚的床上，铺了些新鲜的稻草。

"现在还不要给她喂食。如果她看到了槽里的饲料，会想要站起来的，可能会踩到某个猪宝宝。再等几个小时吧。"我们又谈了一会儿，他送给了埃塞尔一支马拉巴泡泡糖——这是她最喜欢吃的，因为里面有一张小小的连环漫画。那天晚上唐纳德回来后，立刻赶到猪圈里为露克丽西亚喂食，还探望了猪崽们，不过猪崽又死了一只。一窝十四只，活下来了八只。几天后，又有一只死了，还是因为露克丽西亚踩到了它。

露克丽西亚马上成为我们的宠物，现在她看到我们时的反应，就和高斯先生的猪看到高斯先生时的反应一样。我也开始同她说话，

呼喊着她的昵称。我很宠溺她，让她品尝我在树丛中收集到的梨和杏。她很喜欢我们喂给她的乳清和麦麸，没过多久，她的小猪们也能舔食了。

等猪崽们健壮起来后，唐纳德为每只公猪都进行了必要的阉割手术。

"必须这样做。"高斯先生在某次友好的拜访中告诉我们，"否则没人会要他们的。他们的肉会长得太硬。"在戴维斯的时候，唐纳德经常从事类似的工作，所以阉割五只公猪根本不成问题。而我却做不到，恐慌的我尽可能带着自尊完成了我作为助手的使命。马上，我们完美的猪崽们就可以作为架子猪出售了。

高斯先生介绍了他的许多常客来我们这儿。"老高斯说这些都是好猪。"我们的第一位客人说。他是一位上了年纪的农场主，穿着好几层棕色衣服。当他靠在扶手上，弯下身子观察猪圈里的小猪时，他说他对我们很有信心，"高斯告诉我，你们的繁殖母猪是从他那里买的，交配用的也是他的公猪，还有你用制作山羊奶酪的乳清来喂他们。是真的吗？还有没有奶酪？"我们卖给他几块奶酪和两头小猪，剩下的几头小猪也很快被其他人买走了。那之后没过多久，露克丽西亚又一次拜访了公猪。

// 02 //
关于猪的古老仪式

随着冬天的临近,我们听到了越来越多关于即将到来的"猪之节"的消息。猪被屠宰的那天,人们会制作罐头肉酱,用盐腌火腿和熏猪肉,然后举行一场狂欢盛宴来庆祝这一事件。在屠宰中帮过忙的亲人和朋友也会参加这一盛宴。在普罗旺斯,"猪之节"是与圣安托万、圣文森特和圣母马利亚的名字联系在一起的。狂欢的日子从一月中旬一直延续到二月初,那是一年中最寒冷的日子,这时必须把猪杀掉,这样在天气转暖之前,才有时间腌制、保存猪肉。如果错过这一时间,猪肉便会坏掉。

玛丽和马索·帕拉佐利是有意大利血统的农场承租人,就住在我们房子边上那条道路的上半段。他们每年都会养猪,然后等着长膘时出售,他们供应的猪肉以质量上乘而闻名。玛丽是我所知道的最好的厨师之一,她为大家准备的午餐十分美味,每个人都很乐意为玛丽和她丈夫马索收摘葡萄。玛丽身材矮小,皮肤呈金橄榄色,留着黑色的短发,笑的时候总是先咯咯地笑,然后再低沉地笑。她经常穿着各式各样的毛衣、马甲,根据天气,戴着的帽子和围巾也会变换不同的风格。因为长期干农活,她的手就像马索的手一样满

是褶皱。她除了头发像我一样带点儿淡红色以外，今天看上去和往常没有什么不同。我第一次见到马索时，他的头发是灰白色的，现在已经全白了，他瘦削的脸很精致，脸颊上有玫瑰色的红晕，蓝色的眼睛十分明亮。他平时经常穿着标准的蓝色工装裤和夹克衫，里面是一件厚厚的毛衣，还戴着一顶必不可少的帽子。今天，我猜他更有可能会穿耐克运动衫，戴一顶有商标的棒球帽。

收获季节的午餐在十二点准时开始。玛丽采摘葡萄一直到十一点，然后赶回家做午餐。包括我和唐纳德总共有大概十个工作人员，我们踏着狭窄盘旋的楼梯，走进那年代久远的大石头农舍中，玛丽和马索的公寓房间就在那里。这时，玛丽已经为我们准备好了食物。这个农舍曾经只属于一个家庭，现在住着三户人，其中一户人把地租给了马索。这个公寓房间是玛丽和马索田地租赁合同的一部分。

所有工作人员围绕福米加大餐桌坐下后，马索为每一位需要的客人倒上了茴香酒。喝完茴香酒后，第一道菜端了上来，是自制的猪肉食品，厚厚的猪肉火腿切片和红肠堆在大浅盘里。配菜则是散发着迷迭香的罐头肉酱、法国棍式面包、一罐杜松酒和几瓶从酒窖的酒桶里舀出来的葡萄酒。盘子和酒瓶在我们之间互相传递，我们各取所需。第二道菜一定是意大利面，虽然每天的形状和盘子的大小都有所不同，但上面浇的一定是番茄酱和前天剩下的肉酱——我打算回家后，也这么做。红色干酪（一种包在红色蜡纸里的奶酪）在意大利面上闪闪发光。玛丽只有一件事需要人帮忙，那就是帮忙用餐。"请用菜！请用菜！多吃点儿，这不够啊。多吃点儿。"她一边这样说，一边把碗和盘朝我们这边推来，"继续，继续，自己吃。"

我们无法拒绝玛丽的热情款待，更难抵御食物的诱惑。你可能以为，即使是再怎么能吃的年轻男女，罐头肉酱、烟熏火腿和香肠、面包、橄榄再加上两份意大利面也就足够了。但是你错了，猪肉食品和意大利面仅仅是前奏。她不希望有人说，你在她家没有吃饱，当然也从没有人说她小气。

有传言说，其他农场主在餐桌上会克扣工作人员享用午餐的分量，他们把好吃的只留给东家和朋友，在玛丽的餐桌上绝不会这样。先上意大利面，接着是满满一盘炖兔肉或者珠鸡肉。这些家禽都来自厨房外的露天农场，炖肉的调味料用的是主人秋季晒干的蘑菇、野生百里香、迷迭香和干橘子皮。然后上塞满了番茄和茄子肉的油炸美洲南瓜、刚刚挖出来的马铃薯和其他肉菜。餐桌上总是有喝不完的葡萄酒，吃不完的面包。我经常略过第二次上的猪肉制品和意大利面，以便留出肚子享用主菜和新鲜的蔬菜。因为主菜过后，紧接着上的便是用园里蔬菜制作的沙拉、野生蒲公英、放了许多大蒜的醋油沙司或一碟奶酪。奶酪之后会上西瓜，因为马索也一直是个有名的西瓜种植者，而葡萄和西瓜的季节正好吻合。

这顿大餐临近尾声时，马索便会起身去楼下的地窖，搬上来四到五个不同种类的西瓜，放在餐桌上。接下来，他会仔细地选出一个，切下一小块，把西瓜子直接剥到盘里，再把西瓜瓤从新月状的瓜皮上切下来。每个人都等待着。如果他认为很好吃，会说声"嗯哼"，然后把西瓜切成好几块，放在浅口盘里，在餐桌上互相传递；如果不好吃，那个西瓜就会被扔到水桶里，等着喂猪和鸡。这一"仪式"一轮又一轮地进行着，直到所有人再也吃不下了。最后，玛丽会端上来煮好的咖啡。喝完后，我们就该回葡萄园工作了。我们拿起自己的水桶，回去采摘葡萄。在这样一顿大餐后，再去辛苦地

劳作简直难以忍受。但是因为玛丽是这附近最好的厨师之一，所以人们为了享用十天美食，宁愿在田地里昏昏欲睡。

在二战以前，农场每天都会为工作人员准备五顿饭。"黎明餐"以面包、橄榄油或猪油薄片开始，也许还会有果酱、葡萄酒或者热咖啡。早餐将会是更多的面包、香肠、罐头肉酱的快餐。然后是一顿丰盛的午餐，接着是下午或者黄昏时的快餐，和早晨的那一顿有点儿类似。夜幕降临后，会有最后一顿大餐，有汤、蔬菜、更多面包和葡萄酒，也许还会有水果，然后完美的一天就结束了。我无法想象如果一天五顿饭的话，在玛丽和马索家会是怎样的状况。

我与玛丽和马索的友谊已经持续了三十多年，我曾经和他们一起共同享用过许多大餐，也从他们那儿学到了许多东西，比如，怎样杀猪、烹调猪肉和腌猪肉等。在猪之节，当屠夫到他们家时，他们邀请我和唐纳德去帮忙。

唐纳德赶去帮忙时，其他人正在生火和准备工具，那时天依然很黑。大概一小时后，我带着埃塞尔和她的小弟弟奥利弗也到达了农舍的院子里。此时，铁皮油桶里正烧着水，水蒸气缓缓上升。葡萄藤和橡木燃烧着，冒出的一阵阵烟让空气中弥漫着香味。装着开水的油桶旁有两个架子，上边放着一块宽大的木板。每个人都裹着厚厚的围巾，头上的毛线帽拉下来盖住了耳朵。他们安静地交谈着，不想打扰到猪。因为他们很清楚，给一只暴躁的动物放血不会太顺畅，而如果放血不顺畅的话，肉就会被污染，从而腌制不了火腿。这对于一个家庭来说，损失太大了。

比尼迪克先生比计划时间晚半个小时才到达。他从卡车里拿出一瓶白兰地酒，很显然他已经喝了好几口了。他穿着白色的围裙，身材矮小结实,双手泛红,手掌大而结实,圆圆的脸因为喝酒红扑扑的,这是本地屠夫的典型长相。这时,埃塞尔和主人的女儿艾琳正在后面的卧室里一起摆弄着娃娃,玛丽的母亲在楼上的厨房里看着奥利弗,而其他人都在院子里等待着屠宰仪式的开始。

比尼迪克先生与我们每个人一一握手,然后问:"酒杯呢?"马索这时已从厨房里拿出了酒杯。屠夫往酒杯中倒满了家酿的烈酒白兰地,很显然,这个酒并没有存放多长时间。我们在沉默中举起了酒杯,对着猪长长地饮下一杯。酒下肚时,就像液体的火焰在燃烧,温暖了整个胃。

为了方便大家,我站在了后面。比尼迪克先生指挥着男人们:"你,去那边,把这条绳子扔过去,要穿过钩子。"他指着一个三脚架说,上面的每个角都有一个锋利的钩子,"这就对了。不,不,再紧一点儿。好,好。就这样。"

玛丽在一个深黄色的塑料盆里放了一小瓶酒醋,这样所有的准备工作就都完成了。人们都安静了下来,开始终结猪的仪式。这一仪式要根据历史悠久的风俗习惯来进行,这是古老的祭祀仪式的重现。仪式中很重要的一点是:在猪死亡的那一刻,要用尊敬的心对待它,因为在下一年中,这能为一个家庭带来丰富的食物。马索轻声呼唤着,屠夫温柔地劝诱着,目的是让猪走出猪圈。猪出圈后,屠夫用铁锤对着他两眼之间的部位一锤,然后包括唐纳德在内的四个男人立刻抓住了猪的四条腿。与此同时,屠夫迅速地做了个绳套套住了猪的后腿,把它吊了起来,这全程只花了几秒钟的时间。确认它已无力挣扎后,屠夫小心地把刀插进它的喉咙,割断了它的颈部静脉。男人们尽可能地抓牢抽搐的猪,玛丽用黄色的盆接住了喷

涌而出的猪血，并用木质汤勺不停地搅拌着——这样猪血才不会凝固。她一直保持着这个动作，直到再没有猪血流出。

整个过程发生得如此迅速，我几乎没有时间去感受生与死之间的更替。前一刻，这头猪还是一条能呼吸的生命——去年我帮玛丽喂猪的时候，我就认识了它，而下一刻它却成了一个没有生命的物体、一个等待成为食物的物体。随着血液的流出，我看到它的生命在消逝，它的眼睛渐渐失去了光芒。我把头别了过去，心脏在怦怦狂跳。过了一会儿，当我再回头看时，这一切都结束了。它已经完成了从生到死的过程，接下来就该把它做成罐头肉酱、香肠和火腿了。

奥利弗在旁边的卧室里安静地睡着了。玛丽离开了院子，朝楼上的厨房走去，于是我加入了玛丽和其他三四个女人的行列，其中还包括玛丽的母亲。她六十多岁了，是一个美丽的、银发苍苍的卡拉布里亚人，有着如同罗马皇帝般的轮廓。"这儿，先炸这些。"玛丽说，她递给我一个棉布袋，里面装满了剁碎的洋葱，"这是我昨天晚上剁碎的，炸猪油需要用到这些。"我知道，炸猪油用的是猪肾脏上那层上好的脂肪，猪油做好之后，会被收藏起来，用于制作某些油炸食物。特别是油酥面团外面的那层皮，必须用猪油炸才好吃。你也可以在一些肉店里买到炸猪油，但是我的法国邻居们，从不放弃自己猪身上的那层脂肪，当然也包括玛丽。

有人走到炉子边，帮我把五磅重的洋葱扔进了平底锅。这时锅里的猪油正在熔化。我们搅拌着锅里的东西，直到变色。然后再把它们放到餐桌边上的一口大锅中，和着猪血继续搅拌。玛丽正在捣放在矸钵里的茴香种子、粗盐和干胡椒的混合物。"不是所有人都使用茴香,但是我们喜欢用它。"她用指尖摩挲着几颗茴香种子,闻了闻,然后递给了我,"这比花园里的茴香好多了,更有味道。秋天的时候,我砍了好几束野生茴香,储藏在地窖里。"她又往里面加了一点儿肉豆蔻和五香粉,然后把这些混合物同猪血和洋葱搅拌在一起。

"玛丽!"马索吼着,咚咚地踏着楼梯跑了上来,"盐在哪里?"

"楼下!"听到他们互相吼着,起初我很惊讶,但后来我意识到,他们就是这样交流的。几分钟后,我跟随着他们的脚步来到了院子里,想看看事情进展得怎么样了。此时马索在楼下的大地窖里,正把一个矮矮的木箱子搬到桌子上。几年以后,这个地窖成了我的厨房。那头猪的毛几乎已经被拔光了,猪的皮肤很光滑,泛着粉红色。唐纳德正拿着勺子从满满一锅滚开的水里,舀出一瓢往最后一条还带着猪毛的腿上浇去。同时,其他人拔着这条猪腿上的毛。我站在那里看着那只被吊着的动物。院子拱门上挂着的钩子穿过了它的后腿。屠夫往它的腹部干净地砍下一刀,于是一堆散发着热气的肠子喷射而出,掉进了某个人举着的大盆里,它的肺和心脏也随之露出来了。当男人们共同协作时,这个场景显得是那么的原始。在场的每个人都很清楚眼下的任务:拉出肠子;在正确的部位砍下一刀,使肠子与腹壁分离;在猪肾上割出一个小孔,小心地把集中在肾脏里的剩余脂肪挤到碗里;砍下依然冒着热气的肾脏和肝脏,再把它们放到另一个碗里。

"小心,"有人警告唐纳德,"不要割到胆囊,它的苦味很重,如果不小心割破的话,它会破坏肝脏的味道。"晨雾开始渐渐散去,当男人们处理完内脏后,天空显出了淡淡的蓝色。

我再次上楼帮助那些女人。因为猪的内脏马上就会被送过来。刚才我做的洋葱和猪血的混合物现在已经被好好地装进了袋中，制成了香肠。接下来需要把香肠用绳子穿起来，放在大锅里炖，里面的水快要烧开了。"把这个拿走。"玛丽的妈妈说，这时她从锅里拿出了一整列连在一起的香肠条，那些香肠是拿线穿着的，线的一头系在一根柳条上。玛丽的堂姐伯纳黛特从思琪菲诺奶奶那儿接过了柳条，然后把它系在了厨房边缘挂着的绳子上，于是吊着的香肠点缀了整个厨房。而女人们依然忙于准备制作罐头肉酱。奥利弗饿了，嗷嗷地哭着，我一边给他喂奶，一边在一旁观察着整个过程。火上正煮着马铃薯，猪腰肉上涂上了许多传统调料——大蒜和鼠尾草，放在炉火上烘烤着，炉火上放着的平底锅正等着炸猪血香肠。正午之前，我们准备好了猪排，沙拉也已经做好了，就放在餐具柜上，餐桌也摆好了。而我，已经筋疲力尽了。

// 03 //
传统美食——皱胃

男人们陆陆续续地走了进来,埃塞尔和艾琳也回来了。奥利弗心满意足地在卧室里又一次睡着了。十五分钟后,正好是中午十二点,我们都坐在了餐桌前,马索正拿刀切着按照传统方法腌制的香肠。这还是去年的猪之节上保存下来的。一瓶瓶葡萄酒被我们喝下,一块块面包在我们中间传递。猪血香肠在我们身后噼噼作响。马索转身照看。不一会儿,桌子上摆上了一盘酥脆的红棕色猪血香肠,还有好几碗土豆泥和温热的苹果酱。早上高强度的工作让我们饥肠辘辘,于是我们立刻消灭了第一道菜。接下来端上来的是烤肉、更多的蔬菜、沙拉、奶酪、马索的一个堂姐做的苹果馅饼和咖啡。吃完后,我们又要开始工作了。男人们继续分割那头猪剩下的部分,以及做好腌制的准备工作,而女人们开始准备皱胃这道菜。

我第一次看到皱胃是在亚尔郊外的某个黄昏,那个时候我还是普罗旺斯埃克斯市的一名学生。一天,我和唐纳德正与两个德国来的朋友在一起。我们都很饿,但是离餐厅开餐还早得很,在咖啡厅里吃三明治又太晚了。我们开车在一个小村庄里寻找食物,看到一家猪肉店,决定买几片火腿,于是把车停在店门口。进去后,我看

到了一盘深棕色的碎牛肉馅饼,我觉得它会很美味,而且量很足,于是买了两个。回到车上后,我把它们都掰成了两半,然后分给了车上的另外三个人。太吃惊了!咬下第一口后,我便知道我犯了一个严重的错误。它很紧实,不像碎牛肉那样松脆,有一点脂肪粒的口感,还带着一股浓烈的肝脏味,放了很多用作调料的大蒜,里面还夹着一点儿绿色的蔬菜。

那个时候,我并不知道我正在品尝普罗旺斯的传统食品,它的历史可以追溯到19世纪,或者可能是更早的17世纪。它大概有汉堡那么大,虽然是圆的,但不是肉饼那种扁平的圆,更像是球形。制作原料是肝脏和肥肉块,偶尔还会加点儿菠菜或者糖莴苣,最后还会使用盐、胡椒粉、大蒜,以及其他香料调味。在准备过程中会把它浸泡在葡萄酒里,有时候还会加上个鸡蛋,然后再往每一个小肉包上放上一根鼠尾草,接着用猪的网膜——包着胃的大网膜——把它包起来,再放到烤箱里,用中温烘烤大概半个小时。猪的喉头肉有时候会被称作猪肉胰脏,因为猪的喉咙正好是牛身上胰脏所处的位置,过去的食谱指出,它可以同肝脏一起烹饪。虽然皱胃这道菜发明于贫苦家庭,然而美食名人**库尔农斯基**(Curnonsky)将它作为一种独特的地域风味,写进了他的经典著作《法国的美食宝藏》中。这一道

库尔农斯基:法国著名美食评论家 Maurice Edmond Sailland 的笔名。

菜在普罗旺斯以外的地区也不鲜见,却被认为是当地典型的猪肉食品。在**大普罗旺斯**,我们所在的瓦尔省烹制的这道菜最为闻名,有时候人们会叫它瓦尔省皱胃。自然,不同的村庄制作它的方法也各不相同。

> 大普罗旺斯:即普罗旺斯-阿尔卑斯-蓝色海岸大区,由上普罗旺斯阿尔卑斯省、上阿尔卑斯省、滨海阿尔卑斯省、罗讷河口省、瓦尔省和沃克吕兹省六个省份构成。

1946年,玛丽的家庭离开卡拉布里亚后,定居在科蒂尼雅克。科蒂尼雅克皱胃的原料是肾脏、肺和肝脏,我们那天在玛丽家的厨房里就是按照这个原料配方做的。做好后,我们把皱胃放在浅口盘里冷却,然后伯纳黛特说:"把汁水也留下吧,不要泼出去。"

然后她转过来对我说:"你看到脂肪熔化掉了吧,在过去,汁水是一道很特别的菜。当我们还是孩子的时候,我们会把面包片浸泡在汁水里,然后放到炉火上烤。"她从一个剩下的棍式面包上撕下了好几块,说,"这个,试试吧。"

她把一块面包放进了汁水里,然后拿出来递给了我。"埃塞尔,艾琳,到这儿来!"女孩子们在后面卧室里玩耍,她大声呼喊着她们的名字,然后递给她们一人一块面包。"继续,把它放进去。"她斜拿着烤盘对她们说。"不!我不要!"三岁的艾琳还不懂事,她有自己的想法。直到她长大成人后才像其他人一样欣赏起她母亲的厨艺,但还是有许多东西她不会吃,比如,她的祖母用猪血制成的巧克力

蛋糕。虽然我能理解为什么其他人在知道它那么潮湿后，会拒绝尝第二口，但我能证明其相当美味。埃塞尔吃了大大的一口，汁水渗了出来，她咂吧咂吧了嘴。我想她现在可能不会那么容易被诱惑到，但是在小时候，只要东西好吃，她都会吃下去的。热的汁水很美味，味道很重，加了许多的大蒜和调味料，吃起来有一点点肝脏的味道。

19世纪，J.B.雷布尔（J.B.Reboul）的经典烹饪书《普罗旺斯的炉灶》在马赛发行了第一版。书里有一份菜谱讲到了皱胃的做法，首先把肥肉块放到一个盘子里，把猪的肝脏切成块放到另一个盘子里，然后把盐、辣椒、香料和三到四瓣捣碎后的大蒜混合，为肥肉调味。接下来，把网膜放在桌上，往上放肥肉块，再放肝脏块。重复这一过程后，用绳子将其绑起来形成一个口袋，皱胃就做好了，然后把皱胃混合着奶油蔬菜在火上烘烤大约半个小时。这道菜就像罐头肉酱一样，通常也是冷却后切片食用。

一道制作上乘的皱胃在本地的餐桌上仍然很受欢迎，但是因为很少有人会自己做，所以找到一个会做而且做得好的人就很有必要了。德斯穆林先生恰好很会做这道菜。他住在邻村欧普斯，没有固定的店铺。他有一辆特殊的面包车，打开后，便会看到一个长长的玻璃柜台，附带着冰箱。柜台里面放着自制的猪肉制品、烤肉、小腿肉以及生的猪肉、牛肉和羊肉肉片。透过柜台能够看到各种不同的锋利的刀和案板，闪闪发光。德斯穆林先生会站在柜台后，等待提供服务、接订单、闲聊和回答提问。星期六早晨，他会把车停在塔韦纳的烟草酒吧前出售皱胃。塔韦纳是离我家最近的村庄，沿着屋后的路走，五分钟就到了。我经常从他那儿买皱胃，本地的一些顾客也经常光临他的小店。他们说："啊，这些都是从德蒙朗来的吗？看上去很像啊。"我替德斯穆林先生回答了这些问题，于是他们会买许多。

那天下午，我们在玛丽家制作皱胃和品尝汁水的时候，男人们正在准备腌肉箱。腌肉箱用于把猪肉涂满盐进行腌制。马索用的是一个我先前在楼下看到过的木箱子，侧面有一点儿倾斜度。这个箱子看起来有点儿历史了。当他把厚厚的一层粗盐倒进箱底时，我看到箱子上用的是手雕木钉。他把新鲜火腿和猪肚子放在了粗盐上，但是在用更多的盐盖住它们之前，他把盐加进了火腿接合处，然后用大拇指在接合处往下挤压了一圈。一点点清晰可见的粉红色液体流了出来。"不要留下任何血液。要不然肉会坏掉的。每天做两次，还要给肉翻面，必须这样。"他又往里面倒了更多的粗盐，直到肉都被盖住。根据传统，我是不应该在那天出现在盐腌房的，因为当地流传着关于一个屠宰和腌制的传说，盐腌房里如果出现女人的话，肉就会坏掉。

马索很小的时候就成为孤儿，他的父母死于流感，于是他十岁就辍学了，被送到离尼斯很远的地方当农场工人。虽然是工人，他却有自己的想法，当他认为自己正确时，他从不退缩，坚持自己的立场。他和玛丽曾经非常接近最底层，因为他们不仅是佃户，还是"外国人"，而在村庄中，"外国人"都归属于比第二阶层更低或者是第三阶层的人。

"这是整个村庄最适合放火腿的地方。"他说，这时他环顾了一下房间，把肉上的盐轻轻地弄平了，"三天内我要把猪腿挂起来调味。"他的头往上仰了仰，让我看地窖天花板中间的钩子。"然后放在这里通风。"这一次他的头往左边摆了一下，示意我看旧石头水槽

上方有横栏的小窗户，那上面还钉着一扇纱窗。后来这儿成为我们家的厨房，我们保留了天花板上的钩子，但是把窗户换成了玻璃的。那个时候，虽然16世纪建造的放腌制品的地窖还在，但是腌制火腿已经消失在了历史的长河中，只剩下马索等一小部分人还记得为家人杀猪腌肉的日子。

　　三十年前，保存部分猪肉是田园生活必不可少的一部分，然而现在猪之节还是从大部分村庄消失了。但是猪肉食品作为一项传统食品，在普罗旺斯的消费量依然很大。每个村庄都有一两个屠夫，更大一点儿的小镇和城市会有更多。本地人很清楚每位屠夫制作猪血香肠的日子、制作最好吃的田园罐头肉酱的日子，以及贩卖最鲜嫩火腿的日子。从超市里货架的占有面积就能看出来猪肉食品的重要性。在超市里，你甚至可以买到不同种类的猪血香肠：大根肥肉的、中等大小的瘦肉或多肉型的、长长的、卷着的、单节的，甚至还有安德列斯产的加过香料的开胃型的。餐桌上，这道菜上通常插着牙签，需要配着餐前饮品一块儿享用。罐头肉酱一般用猪肉作原料，有时候也用其他肉类，种类多得数不清，新鲜的干香肠和腌制食品也是如此。

　　安娜是我的一位老朋友，我们在埃克斯市读书的时候就建立起了友谊，她现在帮我打理烹调课程的事务。她很喜欢猪头肉冻："它让我想起了童年在马赛的时候，那时我的爸爸妈妈都是老师。爸爸在下班回家的路上会买回来一点儿好吃的。我们会围着厨房的桌子，看着他为我们把棍式面包切成一片片，然后做成猪头肉冻三明治。"有一次，在塞莱纳集市上的一个咖啡馆里，她递给我一个小塑料盒，里面装着腌猪鼻薄片。她告诉我："我在街对面买的。"她指着一个用红瓦为窗户镶边的小肉店说,"他们自己做的,但是每过一段时间才会有。我总是等待着它放上柜台的时机。"她从盒子里拿出一片吃了起来。"我吃太多面包了,"她笑着,"所以现在,只吃猪头肉冻,不吃三明治。"我们把一盒都吃光了,然后,为了消化这点儿即兴买的零食,我买了一杯奶油咖啡,她买了一杯番茄汁。

另外一种猪肉食品——亚尔红肠,就像皱胃一样也是普罗旺斯的特产,但是现在已经风靡全法国。每一种特别的食物或菜肴都有着一段历史,亚尔红肠也不例外,关于它有许多传说。亚尔的这种玫瑰红香肠源自17世纪,关于它最初的制作方法有许多不同的解释:有人说最初的香肠用的是猴肉,有人说用的是猪肉、牛肉和驴肉或者马肉的混合物,还有人说原料用的是卡马格的野牛肉。这些理论都没有被证实过,但据我所知,今天的亚尔香肠用的是分开剁的瘦猪肉、瘦牛肉和肥猪肉,把这些肉同葡萄酒、草本植物、盐和辣椒混合在一起,再把它们塞进牛大肠里,然后再扭成一根根的香肠,在特定的环境中,风干三到六周,就完成了。

在马索和玛丽家参加过猪之节后,我们在法国再也没有参加过猪之节了。后来我们在他们家旁边买了一套公寓,其中包括一个地窖、各种牲畜舍、附属的一个小房子和一小块土地。但是一个月后,我们却离开了普罗旺斯。因为唐纳德的父亲突然去世了,我们不得不回到加利福尼亚。

唐纳德带着六个月大的奥利弗和埃塞尔马上动身了,而我留下来出售家禽和打包行李。我把露克丽西亚卖给了隔壁省——上普罗旺斯阿尔卑斯省——的一个农场主。那时,露克丽西亚已经怀孕很久了,因此他很高兴能买下她。当她挣扎着爬上斜坡,走进他的

小货车后车厢时，我哭了。我悲伤不仅因为失去了我们的猪，还因为失去了对于普罗旺斯那种宁静、饱含人情味生活的希冀。那个时候，高斯先生已经卖掉了他大部分的猪，只剩下了几只。"我很想留下她，"他说，"但是我年纪太大了。"三年后，我们回到法国时，他已经去世了，他的最后一只猪也没了。我们去看他的妻子时，她拥抱了我们，黑黑的眼睛里闪烁着泪光，然后她拿出了一袋糖果送给埃塞尔和奥利弗。

马索和其他一些人还会买年轻的架子猪，然后把它们养上五六年，才做成猪肉制品。然而，时代已经不同了。葡萄藤被拔了出来，土里改种上了大麦，收割时用的是机械工具，不再需要工人，因此，为工人们提供午餐的传统也消失了。邻近的村庄建起了超市，人们买回了冰箱，于是古老的风俗变得多余。即使这样，马索还是会买回一些猪肉，虽然他并不一定会吃，也肯定不会把猪油抹到面包上，但是他和玛丽还是会做一点儿猪肉储备。

多年以来，我和唐纳德在加利福尼亚重现着猪之节的场景。我们从当地的 4-H 集市，或者从"美国计划"里的未来农场主手里，或者从一些养殖贩卖猪群到西班牙和南美的农民那儿购买到猪。然后，按照从玛丽和马索那儿学到的方法制作猪血香肠、罐头肉酱和皱胃。因为缺少腌制的好条件，我们还冷藏了新鲜火腿。

虽然我的第二任丈夫吉姆以前从没有参加过猪之节，但我还是会举办猪之节。在普罗旺斯的邻居阿德勒和帕斯卡现在也住在加利福尼亚，而且住得离我们很近。阿德勒是福布莱特教育交流项目的交换老师，他们经常和我们一起过周末。某个冬季的周末，因为阿德勒和帕斯卡计划出去旅行，所以我们请来了一位已经退休的屠夫朋友过来帮忙筹备猪之节。屠夫的妻子和其他朋友都过来充当助手和享受大餐。大餐一直持续到接近黄昏,那天对于所有人都记忆深刻的,仍是那温暖多汁的皱胃。

芥末马槟榔炖猪连肩前腿肉

我喜欢在寒冷的冬夜里，享用这道热乎乎的菜肴。一起端上来的还会有奶油焗土豆、大块面包和红酒。臀部肉是这道菜的最佳食材，不过连肩前腿肉也很不错。每一块肥厚的肉片都布满了白色的连接膜，经过文火长时间的慢炖后，肉片会变得松软，再淋上鲜美的汤汁，使得这道菜极具风味。

食材：

主要食材：连肩前腿肉或臀部肉

配菜：洋葱、韭葱、胡萝卜

调料：粗海盐、黑胡椒粉、迷迭香粉、第戎芥末、马槟榔、猪油、干红、新鲜迷迭香

做法：

一、煎肉

1. 将连肩前腿肉切成厚度大约为 2 英寸的肉片
2. 肉片晾干，加入大量粗海盐和黑胡椒粉调味
3. 锅中放入厚厚的一片猪油，低温炉火使其熔化

* 注：猪油熔化后的厚度必须要盖住锅底的 1/4

4. 调高炉温，一次放入几片肉，双面都煎成褐色

5. 把煎好的肉片盛入碗中备用

二、炖汤

1. 猪油中加入一到两把剁碎后的洋葱、同样分量的韭葱、三四片胡萝卜
2. 倒入大概 1/3 瓶干红
3. 待洋葱变为褐色后，将肉片倒入锅中
4. 再放入一茶匙的迷迭香粉，充分搅拌
5. 煮三个小时

三、装盘

1. 扔掉锅里的胡萝卜
2. 放入一大勺第戎芥末、同样分量的马槟榔、新鲜迷迭香
3. 搅拌均匀，装盘

芥末马槟榔炖猪连肩前腿肉就完成啦！

趁热将这道菜端上桌。剩下来的汤汁可用来烹调意大利面，也是非常好的调料。

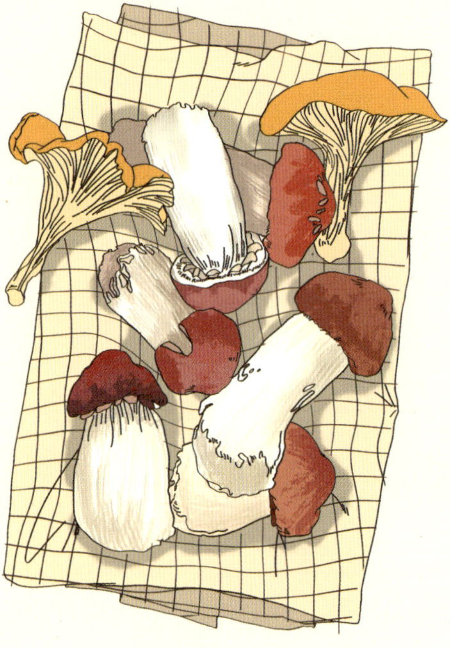

第三章

蘑 菇 之 恋

"嗯"
"看上去像蘑菇"
"啊哈,我也这么觉得"

// 01 //
乔琪特的蘑菇指南

我在普罗旺斯刚待满一年时,新邻居乔琪特就带着我参加了一个野生菌类的季节性采集活动。

"知道这些是什么吗?"她亮出她的篮子,里面装满了长着橙色柄和帽的"植物"。它们混杂在松针、快要腐烂的橡树叶和污泥之中。

我正在布置餐桌,准备户外午餐。"嗯,看上去像蘑菇。"凹面的蘑菇伞上面有一圈圈近似于彩虹橙色的同心圆,还闪烁着一点点铜钱绿。"但是和我以前看到的都不一样,"我犹豫地摸了一下,"从哪里弄到的?"

"啊哈,我也这么觉得,"她像没听见我的问题似的,接着说,"我敢打赌,在美国绝对没有这个品种。它们是这儿——普罗旺斯——的特产,叫作血菇。它们的汁水是血红色的。"她从蘑菇的伞上掰下一块,露出来的菇肉渗出了一点儿深红色的汁水。

"我们能在森林里找到它们,就在那边的松树和橡树林。很好吃。我带你尝尝。"她放下篮子,紧紧地抓着我的手臂,带我往柴堆走去。"这儿,"她边说边递给我一抱葡萄藤枝条,"把它们塞到你的烤肉架下。"

我曾和唐纳德在院子的一角挖了一个浅浅的坑,将六块砖堆成两层,形成一个三面围住的长方形空间,我们把这一"杰作"称为"烤肉架"。我和乔琪特在坑里生起了小火,搁上真正的烤肉架,这样就可以开始烤香肠、羊肉或猪肉以及蘑菇了。

乔琪特堆好了树枝。"首先我们把蘑菇洗干净。"她说。我把刚刚拿出来的盘子推到一边,和乔琪特、埃塞尔坐在桌子边上商量怎么洗蘑菇。

"你有小刷子吗?"乔琪特问。

"我想没有。"

"也没有旧牙刷?"

"没有,我们只有正在用的牙刷。"

"好吧,"她说,"我马上回来。"她朝自己家走去。她家很近,走过我们家的院子和她家的石板露台就到了。回来的时候,她带了一把旧牙刷和一个大碗。

"你必须刷掉这些灰尘和松针,"她一边坐下来,一边指导着,"像我这样。"

我和埃塞尔都仔细观察着她的动作。她温柔地刷着蘑菇伞和菌褶。我们不禁发出了轻轻的赞叹声。接着,她抠掉了大根的松针和顽固的橡树叶。

"乔治妮,去你的厨房里拿一块案板和一把刀。"

我照做了。

"现在,割掉每个蘑菇伞柄最下面的部分,一点点就可以了。"

我按她说的做了。伞柄是中空的,流出来的红色汁水没有蘑菇

伞上的那么多。

"我也要试一试。"埃塞尔对乔琪特说。

乔琪特笑了笑,把刷子递给她,然后和她挤着坐在一起刷蘑菇。埃塞尔成功刷出了许多松针和一点儿泥土,受到了乔琪特的表扬。

"你把这些刷干净。"她把剩下的蘑菇推到了埃塞尔那边,然后转头对我说,"我在去比道岩石的路上发现了这些。平常都是猎人先看到,不过这次不是。"她大笑了起来,解开了扎着红棕色头发的橡皮筋,把头发抓得蓬松一些,又重新绑上。

比道岩石是我最喜欢的地方。那是一块突兀的巨石,矗立在山谷旁,保卫着我们的小小山谷。好几条山间小路都穿过森林,向山上延伸,最终通向巨石。站在巨石顶端,向北眺望,能够看到阿尔卑斯山脉的源头。那里有着小山丘、森林和耕地密布的山谷。有一次,我和唐纳德、埃塞尔爬到巨石顶野餐,同往常一样,我们的狗土恩也跟着我们。我们在巨石上打开一张餐布,在上边放满了火腿三明治、苹果和新鲜的山羊奶酪。

"九月份的雨水非常充足。九月的雨意味着十月的蘑菇。"乔琪特没有注意到我正沉浸在想象当中,继续说着,"所以今年我们会收获很多很多的蘑菇。血菇最好是烤着吃,还可以用盐腌或者晒干保存。有些人会用血菇炒鸡蛋,不过最好是用鸡油菌炒。最适合晒干的是牛肝菌,但是这附近很难找到,你得到博迪昂和阿格尼的森林里才能发现它们。它们喜欢海拔高的环境。那是一个鲜有人知的地方。鸡油菌……啊,太美味了!你记得你放羊的那个森林吧?我敢保证,那里有许多蘑菇。要找鸡油菌的话,你需要沿着河岸找。"说话时,她修长的手指一刻也未停,清洗着蘑菇。她的手指甲剪得整整齐齐，其中一根手指上戴着一枚金戒指。

普罗旺斯的鸡油菌是季节性的食物，采摘鸡油菌也是一项每年都会举行的社会性和文化性的仪式，是美食日历上浓重的一笔，无论对于郊区人还是城市人来说。加入采摘鸡油菌的行列，便意味着开始理解普罗旺斯的美食与乡村风俗之间密不可分的关系，甚至连最顽固的都市人也将其视为文化遗产。这也是我在普罗旺斯的生活中最为重视的事件之一，不管经过了多少岁月，它从未改变。

我总是特别喜欢蘑菇。在二十世纪五六十年代，我住在南加州，那个时候，人们中意于国外产的嫩白的蘑菇，五彩的野生食用菌世界还没有成为我的法国生活和加州生活中必不可少的一部分。

"鸡油菌很漂亮，长得像一个小小的喇叭，呈淡杏黄色，"乔琪特解释说，"喇叭的一边会比另一边更长、更大一点儿。下面的菌褶是波浪形的，不是直的。你放羊的时候可以顺便找找看。"

那些年，我从乔琪特那儿学到了许多东西，首先学到的就是蘑菇的知识。乔琪特是我在普罗旺斯生活的头两年里认识的，她不是那种典型的本地女人。她出身于一个政治气氛活跃的家庭，受过良好的教育，父母分别是左翼画家和学校里的教师。但是，她同许多农场主的妻子一样，尊重本地的生活方式和传统。又因为成长于战争年代，物资的贫乏和动荡的岁月深深地影响了她，所以她天性节俭，珍惜每一份她制作的食物。

我们从乔琪特和她的丈夫丹尼斯手上租下了这个小房子，在搬进去后最初的生活里，她就很照顾我们。她耐心地教给我普罗旺斯乡村食物的传统。这个传统又通过我，传给了我的下一代——埃塞尔。我也感到她有一种强烈的个人情结：她不希望她的邻居，尤其

是外国邻居，在普罗旺斯生活，却没有很好地了解当地的生活传统。那些传统大部分都是围绕着食物——栽种和收获的方式、采摘和清洁的方式、烹调和储存的方式以及庆祝的方式。看到我，她觉得她找到了一个很好学的学生。

"在森林里，我希望你也能注意到血菇。你现在知道它们长什么样了，可以在橡树和松树底下寻找它们的踪迹。在那里，你还有可能会发现牛肝菌，我觉得你应该不知道它们长什么样。"她在继续解释前，甚至没有停顿。

"它们的菌伞很圆，大小不一，但是没有菌褶，只有海绵一样的奶油白色的东西。不要被有黄色海绵一样的蘑菇给弄混了，那些都不好。寻找蘑菇是本地生活的一部分，"她宣称，还一边检查着埃塞尔的劳动成果，"每年秋季，我们都很期待去采摘蘑菇。现在你也可以了！"

尽管乔琪特在烹调和食用野生蘑菇上都是权威，激起了我强烈的好奇心，但我还是本能地产生一种恐惧感。小时候住在南加州时，妈妈曾经很严厉地警告我们，千万不要接近前院草丛中周期性冒出来的白色和棕褐色的真菌。对于不懂得辨别可食用菌和毒蘑菇的我们来说，即使是碰一下毒蘑菇，都有可能感染上疣。尽管她认为"那种东西最好还是留给小妖精和仙人们去解决吧"，但这并不能阻止她从镇上的高级蔬菜水果店，买来昂贵的新鲜蘑菇做红葡萄酒煮鸡。

一阵大蒜香从葡萄藤枝条上烹调的血菇中慢慢地释放出来。我的"蘑菇导师"为它们刷上橄榄油，几滴油滴入了滚热的炭火中，发出咝咝的声音。她烤好后把几块金棕色蘑菇放进盘子里，我拿起牙签戳起来一块正准备吃,却突然感到一阵不安,妈妈的警告在我的脑海中回响着。但我还是咬了一口,血菇的口感很结实,有一点点粗糙的质地。我吃下的这块还带点儿泥土的气息,其中混杂着一点点松树味、大蒜味和橄榄油味。埃塞尔也吃下一个蘑菇,然后是第二个,我在想,没有被蘑菇困扰过的她和我儿时的经历该有多大的不同啊。

接着,唐纳德也回来了,就着丹尼斯从学校回家路上买的玫瑰红葡萄酒,我们一起继续享用,直到吃完了所有的蘑菇。"那么,你觉得怎么样?"乔琪特吮吸了一下手指,然后又自己回答了这个问题,"很棒,不是吗?"

"很棒。"我赞同地说,然后舔干净嘴唇上的最后一点儿橄榄油。

午餐后,我、埃塞尔还有唐纳德一起回到了羊舍。我把剩下的干面包喂给了山羊们。接着,我们三个走进森林,寻找蘑菇。我们把羊群关进羊圈里,因为如果我们把它们带进森林的话,那么大部分时间都会花在照看这群羊身上,而没有时间去寻找蘑菇。我带上了一只篮子和一把刀,因为乔琪特告诉过我,要用刀把蘑菇割下来,而不是扯出来,这样才能为它们下个季节的生长留下孢子。她说,通过那种方法,蘑菇才能生生不息。

我漫步于森林中,不仅要在锋利的杜松木丛中穿梭,避开异常低矮的松树树枝,与此同时,眼睛还要始终盯着地面。树丛下的光线很暗,泥土因为下雨变得很潮湿,散发着似乎刚刚松过土的气味,像泥炭味一样浓重、刺鼻。我捕捉着菌类的芳香,找到了第一丛蘑菇。之后,马上就有一大堆血菇从发霉的层层树叶中冒了出来。这就像是一场寻宝之旅,奖品不再是小时候从伍尔沃斯买一些小玩意

儿，而是在法国的一座森林里采集到的野生蘑菇。我被迷住了。

那天我照了张相，现在照片已经褪色了。在照片中，我穿着一件橙色羊绒孕妇外套，里面是一件紫色高领毛衣，头发往后梳，在颈背处扎了个马尾。脸上挂着大大的微笑，脚边则放着我的收获物。

我在找蘑菇时发现，有些蘑菇是一丛丛紧紧地生长在一起的，还有些是独有自己的一片天地的。我还找到一个异常巨大的蘑菇，它的柄上有一团团黄色，脉络却是红色的。当我碰到它伞下的海绵体时，那上面晕开了一团深靛蓝色，看上去非常邪恶。我十分确定它有毒，因此把它扔到一边。

当唐纳德坚持说该往回走时，我的篮子里已经装满了蘑菇，有蓝色的、灰色的、紫色的、棕褐色的、金色的、白色的和棕色的。我每样都留了一点儿，没准其中就有能食用的，然后扔掉了那些明显太老的、正在腐烂的或者满是泥土的蘑菇。

回家后，我马上敲开了隔壁乔琪特家的门，向她展示我的收获。她迅速地在里面挑选了一番，扔掉了其中的大部分，只留下了一打左右，其中有鸡油菌。"不错，不错，"她一边说着，一边挨个仔细检查着手中挑出来的四个，"这些都是牛肝菌，是最好的。里面还有血菇。很好，很不错。太棒了。"然后她告诉我，那些扔掉的也不是有毒，只是味道不好。

"那这个呢？"我从篮子里扯出一个红色的大蘑菇。

"噢，这个太恐怖了！根本不行，一点儿都不好！这是撒旦的牛肝菌！如果你吃下肚，它会让你大病一场的。马上把手洗干净，还好你没把这个同其他的混在一起！"我点了点头，于是她笑了。

"你知道它是有毒的，对吧？"我觉得她似乎很为我自豪。"接着,拿着你的蘑菇,按我教你的方式把它们洗干净,用它们来煎鸡蛋吧。"她指着鸡油菌说,"剩下的可以当牛排的调料。"

唐纳德在厨房的木炉子里生起了炉火,然后大家一起开始清洗蘑菇。天色已晚,我们都饿了,于是我拿出一些面包、橄榄油和新鲜山羊奶酪当作零食。我小心翼翼地把鸡油菌切成均匀的长条,和着青葱、盐和辣椒,用橄榄油在锅里煎炒。一种陌生的香味,带着一丁点儿霉味和油味,弥漫在小厨房里。蘑菇变软后,我打进半打搅拌后的鸡蛋,然后撒上欧芹末。鸡蛋煎成饼状后,我从中间把其中一半轻轻翻起来盖住了另一半。等鸡蛋的边缘变硬而中间柔软时,我把这道菜盛出锅。我又用那天采摘的绿色蔬菜,迅速地做了一道沙拉。然后我们都坐下来,开始享用用野生蘑菇做的第一道家常菜。

第二天,我用牛肝菌和血菇做了一道炖肉。我把它们同大蒜、洋葱和黄油搅拌在一起,直到它们的颜色变成了淡棕色,然后往锅里倒入一点儿白酒去腥,接着用新鲜的凝乳和一些捣碎后的杜松子做成了调味汁。牛肝菌的味道闻起来和鸡油菌有很大的不同,牛肝菌含有更多森林的香味。我本来想把调味汁浇到牛排上,但是按照乔琪特的建议,和价钱较贵的牛排相比,加了格鲁耶尔干酪的意大利面更便宜划算,于是我将其浇到了意大利面上。

那之后,我几乎每天都去采蘑菇。直到十一月份初,伴随第一场大雾的降临,蘑菇的季节也结束了。我们几乎每天都会吃到各种不同做法的野蘑菇,但是我最喜欢的还是牛肝菌和鸡油菌炖兔肉和黑橄榄。而对于其他那些在森林里找到的不同种类的蘑菇,我们仅仅是把它们混在一起,用黄油、葡萄酒和大蒜调味后,再把它们放

在烤肉架上或者加到沙拉里。

我成了一个蘑菇采摘能手，埃塞尔和唐纳德也是如此。于是我们不得不晒干找到的血菇，否则只能眼睁睁看着它们坏掉。因为我们吃不完这么多新鲜的蘑菇，邻居玛丽告诉我怎么晒干蘑菇。洗干净蘑菇后，把它们切成条，然后用针线把切成的条穿在一起。我们自豪地将蘑菇装饰物挂在木炉旁的椽上风干。风干后，把它们装进罐子里贮藏起来。

普罗旺斯人对于采摘蘑菇有一种显而易见的热情：一方面是因为蘑菇根植于过去的集体记忆中——蘑菇是乡村家庭餐桌上重要的一个组成部分；另一方面是出于一种对于寻找和采摘的热爱。这种热爱将普罗旺斯人与自然和土地联系在一起，即使他们已身处城市。

就像在笼子里养着兔子或者在园子里种着蔬菜一样，在过去，知道蘑菇所藏的秘密之处也为人们提供了一种食物上的安全感。现在，食物带来的安全感已经不是采摘的主要推动力，对美食的期待和胜利的情绪反而成了人们采摘蘑菇的理由。如果有人收获了特别大一筐蘑菇，他告知邻居或者亲戚时，就会带有一种沾沾自喜的胜利感。这种情况也降临在了我身上，不过我却是被告知的那个。

不久之前，我的一位朋友非常富有的兄嫂从巴黎来这里旅游。他们登上圣特克瓦湖边的小山，寻找野生蘑菇。

"看这个！我们听说你很喜欢采摘蘑菇，所以我们也去摘了一点儿，看看我们找到的。"那个妻子说，顺手把她的阿玛尼外套放在我的椅子上。她把一个装满了菌类的大篮子放在桌子上，从里面挑出最好的几个。她在我鼻子底下挥舞着大而肥壮的牛肝菌和一把金色的鸡油菌，然后又把它们放了回去。当她在篮子里挑挑拣拣时，她手指上戴着的大钻戒和金戒指闪闪发光,与她指甲里和手上的污泥显得那么格格不入。

我半开玩笑地问她:"哪些是给我的呢?"

"不,不,夫人,"她显得很吃惊,回答说,"没有你的,这些都是我的。今晚我们就要拿它做几道菜。我想,先是炒鸡蛋,然后明天是炖肉块。"

"对于巴黎姑娘来说,这收获太意外了,你不觉得吗?毕竟,我的祖母来自朗基多克,我还是知道很多关于采蘑菇的事情的,你说呢,亲爱的?"她一边转过头对她丈夫说,一边又把她的收获扔回了篮子里,然后穿上了外套。

"嗯,啊,谢谢你们过来。你们肯定度过了美妙的一天。漂亮的蘑菇,还有好胃口。"

// 02 //
采蘑菇的邀请

采蘑菇不仅是一项很多人都喜爱的休闲活动，也是一项可以赚钱的商业活动，在普罗旺斯如此，在法国的其他地方也同样如此。每年都会有上千吨蘑菇被采摘、售卖。许多人，特别是那些生活在人烟相对稀少、丛林密布的普罗旺斯高地的人，会通过采摘和向中间商售卖蘑菇来补贴家用。中间商又会把蘑菇卖给大公司，然后再通过市场走向全世界。市场上有新鲜的、晒干的、罐装的或者以其他方式保存的各式各样的蘑菇，这可不是一个小生意。

蘑菇不仅对于地方行政区有着十分重要的经济意义，在乡村生活的餐桌上也始终扮演着重要的角色。基于以上两点认识，政府对遍布着菌类的森林向外地人设置了禁入令。这使我生活在山上的朋友马克和妮娜·哈格有了一点儿微弱的竞争优势。

乔琪特教会我采摘野生蘑菇之后的第五年，我头一次体验到了商业蘑菇采摘，那是同马克和妮娜·哈格一起进行的。马克和妮娜是我们刚到普罗旺斯时结识的美国朋友。他们在滨海的尼斯西北部的山上买下了一座小农舍和一块六十多公顷的田地。现在他们也在养山羊和制作山羊奶酪。他们住的地方很偏僻。离阿诺五公里远的堡木有一个小村庄，从那里的最后一间房子出发，通过一条窄窄的小路才能到达他们家。埃塞尔和奥利弗很喜欢去他们家玩，寻找缺少电气和抽水马桶的乐趣。虽然我经常抱怨要爬很长一段时间的陡坡，但是两个孩子还是会蹦蹦跳跳地穿过蕨丛，满心期待地想要看到马克和妮娜养的猴子们，以及同牧羊犬和羊群一块玩耍。这一次，我们进入森林还不到两百米，就看到一块大大的标牌，上面写着：禁止外地人采摘蘑菇。我们顺着前人踩出来的横穿森林的小径继续前进。越往森林深处走，这样的标牌就越多。

在两次世界大战和全国流行的疾病暴发以前，有许许多多的农舍和小村庄遍布于山间。山间小道、共同劳作和通婚把这儿的人紧紧地联系在了一起。1975 年，马克和妮娜买下了他们的农舍。那个时候，因为森林和良好的气候条件，大部分曾经废弃的石头建筑又被重新利用起来，包括建在山坡上的梯田。梯田上面种着栗子树。这曾经是本地居民很重要的一种作物。

我们终于到了，马克在等着我们，这时，我已经是气喘吁吁、汗流浃背了。马克让我们动作快点儿，他告诉我们，由于今年采蘑菇的时令提前，妮娜已经先去了。听到有采蘑菇的机会，我高兴得跳了起来，因为自从生下奥利弗，我就再也没有采过蘑菇了。现在，他已经五岁了，对采蘑菇感到十分好奇。埃塞尔则自豪地告诉奥利弗她完全清楚怎么采蘑菇。

我们喝了一杯从他们的井里打上来的凉水，然后便出发了。他们的狗也跟在后面。我发现我不仅没有那么累了，并且因为可以再一次去采蘑菇而变得很兴奋。马克带着我们走过他在森林里砍出来的一条路，然后爬上了种着栗子树的高高的梯田。我们大概爬了有

半个小时，才到达了目的地。"今年收成会很不错。去年一年妮娜才卖掉了四公斤多的牛肝菌。今年采蘑菇的时节才刚刚开始，她就已经卖掉了大概五十公斤了。""她在哪里卖蘑菇？"我尝试着想象，她是怎么顺着这弯弯曲曲的小道把沉重的蘑菇运到山下小镇上的。

"经常有不止一个中间商会到阿诺来收购蘑菇。他们会直接给钱，去年卖牛肝菌的钱够买两头驴子和一辆二手雷诺车了。"

我们站在栗子树下。厚厚的树冠遮盖住了天空，使地上腐烂的树叶、苔藓和断壁残垣的颜色显得更为深重。躲在暗处的蘑菇的潮湿气味让我的鼻子有点儿痒痒的。我踩着正在腐烂的叶子继续前进，寻找着蘑菇。脚下的树叶发出了沙沙的声音。"看，这儿有一些。"马克朝一堆鼓起来的树叶大步走去。他用随身携带的拐杖轻轻拂开树叶，于是一丛结实的圆形黄棕色蘑菇出现在我们眼前。奥利弗跪下来抚摸着它们，埃塞尔则在他身后。

马克对我说："你要把它们割下来吗？"边说边递给我一把刀。

"谢谢。我自己带了刀。"我弯下腰，把剩下的树叶拂到一边，然后从厚厚的球形根茎处把它们割了下来——这是我所见过的最好的牛肝菌。

"看，"我对埃塞尔和奥利弗说，"你不能把它们扯出来，不然会破坏它们的孢子，也就是那些像小种子一样的东西，它们可以长出蘑菇来。如果你像这样割下来，"我把蘑菇递给奥利弗，给他看尾端，"明年、后年这里就会长出来更多蘑菇，甚至可能会永远生长。"我意识到，我正在教给我的孩子们乔琪特教给我的东西，向他们展示着另一个世界和另一种生活方式。

"永远？"奥利弗问，他小小的手中捧着一丛蘑菇。"嗯，至少是很久很久。"我回答。

"我早就知道不能把它们扯出来了,"埃塞尔说,"从我们在森林里放羊那会儿开始就知道了。"

"我能自己找吗?"奥利弗说,他挥舞着一根小小的干树枝。

"我也要,"埃塞尔说,"来吧,奥利弗。我给你带路。"

"等一下,"当他们穿过凹凸不平的梯田往外跑时,我大叫着,"记住,不要把它们扯出来。什么蘑菇都不许吃!要刀子的时候就叫我、爸爸或者马克。还有,注意石头!"

我刚刚吼完这堆警告,奥利弗就叫着说:"妈妈,看,我们已经发现了一些,快过来。"我的两个孩子异常惊喜地指着他们脚边的一堆牛肝菌。

割下那堆蘑菇后,我又扭头告诉他们:"看看下面这部分。是不是像棕褐色的泡沫或者海绵橡胶?像这种就是牛肝菌。如果蘑菇头是棕色的,但是下面的菌褶是波浪形的,那么这种蘑菇就不能吃。明白了吗?有些蘑菇会非常非常危险。"我想他们不会吃下任何毒蘑菇,但是我还是要确保这种事不会发生。

我们一边在栗树林里转悠着,一边搅动着腐烂的树叶堆找蘑菇。就这样一小时过去了,我和马克的篮子都已经装满了牛肝菌。我还有一个塑料袋,里面装着的都是我们觉得"有毒"的蘑菇。我打算回去后,用马克的野外指南检测一下可食用性。奥利弗坚持要自己拿那个袋子,他极为小心地提着那个有他胳膊长的塑料袋不时地停下来打开看一看。越是有毒就越充满吸引力,我想他被那些"毒蘑菇"强烈地吸引住了,在他手上拿着的蘑菇可能有剧毒甚至能致命,其中有许多是他自己找到的。

那天晚餐之前，我们围坐在马克家的胡桃长桌前，就着煤油灯的灯光，检查奥利弗塑料袋里的蘑菇。虽然我们找到的蘑菇没有一个是致命的，但是如果吃了的话，也会让我们病得非常严重。这一发现却让奥利弗兴奋了起来。当他把"有毒"的蘑菇推到一边时，他打了一个寒战。洗干净手后，我们洗了一把牛肝菌，将其切成片，然后妮娜把它们放进柴火炉子上炖野公猪汤。夜幕降临后，我们先吃下了一盘马克用盐腌的火腿，还吃了妮娜在屋外走廊上的石头炉子里烤出来的面包，并且喝下一瓶红葡萄酒。此时，月亮慢慢上升，滑过那扇小小的玻璃窗，在我们脚下投下一片斜斜的紫色薄雾，周围只有我们的说话声和身后锅中轻柔的冒泡声。这个小小的厨房和起居室里充满了肉和蘑菇混合的香味。妮娜将炖肉端到桌上，然后用勺子把里面的东西舀到了碗里。

"这是我们旁边山头的邻居射杀的，他们几天前给了我们这么大一块。我们必须抓紧把它给吃了，因为它不方便储藏。"马克说。我们边听他说话边用手中的面包去蘸这浓浓的汤汁。这是我头一次吃到野公猪肉。吃的时候，我有点儿害怕肉质会太硬，然而事实并非如此，肉肥厚又柔软。我们自己在森林中亲手采摘的带着泥土芬芳的牛肝菌，成为猪肉的绝佳伴侣。

孩子们入睡后，我和唐纳德、马克帮着妮娜挑选并清洗剩余的牛肝菌，然后把它们包进了篮子里。第二天早上，我们带着蘑菇下山去阿诺见中间商。

在普罗旺斯周围发现有七十多种蘑菇。据说每年的蘑菇采摘期中，95%与蘑菇有关的死亡事件都与一种蘑菇有关，那就是随处可见的鬼笔鹅膏菌（Amanıta phalloides）。它属于一种菌类的族群，在这一族群中，有许多蘑菇的毒性都是致命的。还有一些虽然不致命，但是也都有毒。然而有趣的是，在所有野生蘑菇里，最美味的居然是一种叫作橙盖伞（Amanita caesarea）的毒蘑菇。

毒蕈（Amanita）有一些共同的特征——普遍都有一层"面纱"，那是一种像棉花质地的膜，完全盖住了新生的蘑菇。当蘑菇从土壤里冒出头时，那层膜就会把它们包得像一枚枚鸡蛋。当蘑菇继续生长时，那层"面纱"就会破裂，在蘑菇的伞柄处留下一层柔软的外壳。这个和鸡蛋壳很像的外壳叫作外被。有时候毒蕈只长一部分"面纱"，看上去就像是围着上层伞柄的一圈衣领。和黄馒头属蕈类伞下的海绵质地不同，毒蕈有菌褶，它们的蘑菇伞的颜色有白色、棕褐色、黄色、灰色和淡绿色，其中最令人叹为观止的是捕蝇蕈（Amanita muscaria），它的颜色是明亮的红橙色，上面还有白色的像疣一样的斑点，其俗名是毒蝇菌或者苍蝇毒蕈，这么叫它是因为人们经常用它来捕捉苍蝇。

毒蘑菇当中最声名狼藉的是鬼笔鹅膏菌和赭鹅膏菌（Amanita ocreata）。鬼笔鹅膏菌又称死亡之伞，它的蘑菇伞是棕色或者淡绿色的；而赭鹅膏菌被称作破坏天使，它的伞盖随着时间的推移会从白色变为暗黄色或别的颜色。它们都是致命的蘑菇，并且在现有的医疗条件下，它们的毒性无药可解。中毒后，首先出现的症状是呼吸困难、头晕眼花和心脏绞痛，六到十二小时后，致命的毒素开始扩散到全身，引起严重的呕吐、腹泻和脱水。到第三天，中毒者似乎有所好转，那是因为肝脏不能将毒素排出，因此观察不到的破坏力会蔓延至全身的器官。随着身体器官被逐步破坏，到第六天中毒者便会死亡。这是一种缓慢、痛苦的死亡过程。

墨汁鬼伞（Coprinus atramentarius）又被称作墨水盖鬼伞或者酒鬼毒药。它完全可以食用，据说还很美味，但前提是不能同酒精一起食用，否则会引起头晕目眩、心跳加速和恶心呕吐的症状。严重时，必须送往医院进行治疗。我的一个熟人身上就曾发生过这类事情。他不小心就着茴香酒和半瓶教皇新堡酒吃下了墨水盖鬼伞炒鸡蛋，结果被送到了尼斯的急诊室洗胃。

对于毒蘑菇的恐惧似乎并没有减少人们对采摘野生蘑菇的热爱。这是一项主流活动，每个人都热切地期盼着这一时令的到来。法国秋季出版的美食和烹饪杂志封面上，就以蘑菇采摘作为当期的重点，里面介绍了可以同其他秋季食物一起烹饪的蘑菇食谱。其他秋季食物有蔷薇科植物、梨、南瓜、胡桃和柿子等。

药房撕掉了夏季画着古铜肤色美人的晒黑霜广告，贴上了精确的菌类植物学译名的纸张。橱窗里常常展示着蘑菇的石膏模型，这是一种商品种类的展示，也是一种服务方式。法国的药剂师接受过真菌学的培训，他们为公众提供免费的识别野生蘑菇的服务。这是

一次全国范围内的尝试，目的在于使蘑菇狂热者受到教育，从而减少因为食用毒蘑菇而发生的不幸。

我自己从来没有让药剂师检验过蘑菇，但是我看到有人这么做过。有一次，我看到一个年轻男子走进了巴若尔的一家药店，把一篮子蘑菇放在了柜台上。他穿着白色开领衫、紧身的棕色长裤和一双有着沉重橡胶底的耐用皮革鞋。小药房所在的村庄人口不足两千，但药店很现代化，白色的墙壁被刷得闪亮，在明亮的灯光下，齐全的药品在闪闪发光的玻璃架上和柜台里展示着。店员和收银员同药剂师一样穿着清爽的白上衣。从篮子里散发出来一股蘑菇和森林的强烈味道，这股味道原始而又潮湿，与药品的味道形成了鲜明对比。

"有人带来了蘑菇。"一个穿白色衣服的女人朝后面工作的药剂师大声说道。

药剂师擦了擦他的双手，走了过来："啊，这里面有什么呢？"他的手伸进了篮子里，拿出了一朵蘑菇，一朵熟透了的比萨康纳，这是本地人为黄馒头属蕈类中的某种蘑菇取的昵称。它的特点是可以食用，但是并不特别好吃，并且可能会引起尿频和便秘。人们很容易通过它暗黄色的海绵体和下面的气孔将其辨别出来。在它长大的过程中，它的气孔会变成褐色，伞盖也会变得很黏滑，之后，它的伞柄和主体就会成为灌木丛里蛆虫们的家园。"这个不行。"药剂师说，他皱了皱鼻子，把它扔到了一边，接下来的许多那一类型的蘑菇也是同样的命运。

我注视着药剂师不停地在篮子里挑拣着，把不好的和有毒的扔到一边，把好的和极其美味的整整齐齐地摆在一起。

"唔，很好。"他拿起了一朵形状完整的大牛肝菌，"牛肝菌很

美味,是最好吃的。你在哪里找到的?"

"啊,先生,我不能告诉你。我的祖母总是对我说,要把藏蘑菇的地方作为一个秘密记住。很久以前,她带我到森林里,然后告诉我在哪里能找到那些蘑菇。我费了很大力气才记住那些地点。"

"啊,好吧,"药剂师大笑,"问问总没有坏处的。"

当本地报纸——像是《叶晨报》和《普罗旺斯人报》——将最新发现的大牛肝菌作为它们的头版时,我便知道,采蘑菇的季节到了。第二天,大量的汽车停在路边,填满了森林空地的边缘地带,车里的人都出来搜寻蘑菇。在信息集散地的露天集市和咖啡馆里,每个人都在谈论着自己的收获以及什么时候会去搜寻蘑菇,还会预测本季持续的时间以及收获物的质量,但是从来都不会有人暴露出自己收获蘑菇的地方。当地的小商贩们也开始展示起他们最新的发现。

秋季,不管是在普罗旺斯的哪个地方,我几乎每天都会加入搜寻蘑菇的大潮中,接受任何采摘蘑菇的邀请,甚至会把我烹饪课程的学生们也带到森林里去。

我只采摘牛肝菌、鸡油菌、血菇、羊蹄菇和刺猬蘑菇——那种孢子像钟乳石一样,挂在粗糙而形状不规则的白色伞盖下的蘑菇。它们的外部特征很明显,因此不会与其他种类的蘑菇弄混。

我对于自己寻找蘑菇的技巧充满自信,只要条件允许,我都会告诉我的学生采摘蘑菇的秘密。我对其中一个学生的故事记得尤为清楚。他告诉我,他的祖母小时候在苏联,经常走到森林里采蘑菇,然后带回家给自己的妈妈做饭。他被这个故事迷住了。虽然他经常去苏联,但是他从来都没有机会采蘑菇。他选择我的课程就是为了搜寻蘑菇这一课。他已经迫不及待了。

那天下午,我带着他还有另外五个学生一起进入了欧普斯和塞莱纳之间的森林。这个森林在我们从酿酒厂回家的路上。那一年的蘑菇采摘季节相当好,我们收获满满。在渐渐浓重的暮光中,从正在腐烂的比萨康纳到一些备受推崇的血菇,他用所有他能找到的东西填满了他的篮子。每有新的发现,他都会兴奋地大叫。

第二天早上,他起得很早,没有吃早餐就直接一个人去了森林,回来的时候带回来一篮子蘑菇给我看。我拿报纸垫在厨房餐桌上,然后将他的收获一个接一个地摆放在报纸上。他采回来的有不太好的比萨康纳和许多还不错的血菇,还包括一个布满凹痕的细网牛肝菌,以及一堆其他种类的蘑菇,总的来说都不怎么样。

"那么这个怎么样?"他说,举着一个淡紫偏灰的漂亮蘑菇,又或者拿起一个肉质肥美的红棕色菌类。"不怎么样。"我不得不实话实说。接着,我指着我的采菇指导书上一个象征着空盘的标志——意思是说无毒,但是不宜食用。然后我看见他的神色低落了。

"但是它看上去不错。"他说。

"我知道,它们中有些很漂亮,也很好闻,你很难相信它们不宜食用。"

拍下照片后,他很不情愿地让我扔掉了所有那些不好的蘑菇。然后,我告诉学生们怎样清洗蘑菇、怎样挑出寄生虫以及怎样烹调。那个学生发现了十二个可以吃的蘑菇。我们把蘑菇切碎,用橄榄油、大蒜、盐和辣椒调味,然后放在烤面包片上作为当天午餐的开胃菜。那个星期接下来的几天,他一有机会就会漫步到森林里去寻找蘑菇。而且他还会在露天市场上,买下尽可能多的不同种类的蘑菇。

03
卡布莱提先生与黑松露

来上我烹饪课程的学生们,总会问我关于松露(truffles)和蘑菇(mushrooms)的区别。我很能理解他们的疑问,因为它们同属于真菌。但是,两者有着很大的不同。首先是采摘的季节不同,霜冻是蘑菇的杀手,然而对于大名鼎鼎的黑松露来说,却是其成熟所必不可少的条件,因而松露的采摘季节不是秋季,而是冬季,并且通常一直持续到次年二月中下旬。但两者最大的不同是生长所在地。松露是由块茎生长而成,它生长于地下,通常寄生在一棵树的边上,橡树、榛子树、松树或者椴树都有可能,松露的孢子会长出细丝,一直延伸并附着在寄生的树根上。在这种结合的关系中,便形成了菌根,最终会破坏树木的根系。只有受过训练的狗或猪才能闻出松露的所在地,有时候,一双非常有实践经验的眼睛也有可能看到,因为苍蝇会将它们的卵产在块茎上方的土壤上。

在过去的二十年,松露养殖业有了很大的发展,因为法国国家农业研究院成功地研制出了将黑孢松露注入橡树、榛子树和其他树的幼苗里的技术。松露的幼苗和橄榄树一样被种植在果园里进行栽培。大约经过八年时间,树木开始每年都能产出黑色松露作物。19

世纪很流行的传统方式是在野外播撒橡树种子,然后等它们长成寄生松露的橡树。然而与之相比,通过幼苗接芽的方式直接培植松露寄生树显然更加方便。

在19世纪,佩里戈尔德文化因为黑松露而闻名,于是黑松露也被称为佩里戈尔德松露。19世纪末是松露种植的高峰时期,普罗旺斯和其他地区的黑松露先被中间商运往佩里戈尔德,然后中间商再将这些"佩里戈尔德松露"——现在等同于奢侈品——运往巴黎以及世界上的其他大都市。现在这一名字已成为历史,因为如今80%有记录的松露都产自普罗旺斯。

我和唐纳德、埃塞尔住在普罗旺斯时,没有学习过关于松露的知识,甚至我们在那边度假时,我都没有听说过这个名字。直到我和我的第二任丈夫吉姆在一起之后,有一年冬天,我到普罗旺斯做调研,才发现原来有一个全新的烹饪探险在等待着我。

我的编辑告诉我,如果我要描写普罗旺斯的食物,松露就必须被包括在内。然而,我几乎没有同它们打过交道。我也从来没有发现过松露,只有在书上才读到过它们。我吃过几次松露(是罐头食品),但觉得它们寡淡无味。那个冬天我的使命就是找人带我去搜寻松露,同人们谈论松露以及尽可能多吃新鲜的松露。马上,我发现松露的世界很神秘,比蘑菇的世界更令人神往。

买卖松露是一个很大的市场,一公斤或者说两磅的松露就可以卖到600美元。强征者会在他们自己的土地上或公共的土地上采摘松露,又或者在产松露的季节里租用土地,然后秘密地卖出去,这样他们就不用缴税了。松露交易是一项秘密的活动,若被发现,后果会很严重。

松露中较为珍贵的是黑松露——黑孢松露，普罗旺斯人称它为Rabasse。它长得像一块煤或者一只大狗的鼻子，暗黑的颜色，摸上去很粗糙，略圆，但形状不太规则，坑坑洼洼的。它们有的小到只有小拇指的指尖大小，有的大到和葡萄柚一样大，但是自从我进入松露的世界以来，我看到过的松露都没有那么极端，处于两者之间。刚刚挖出来的黑孢松露还包裹在泥土里，简直可以看作是黑色的泥土块。把一个成熟的黑孢松露切开后，便会看到它的松露肉是紧密结实的，里面脉络的颜色呈灰色和白色。然而除了它的颜色和形状，真正使其与其他菌类区别开来的是它的香味：刺鼻的气味，有泥土香，甚至有肉味。自从在第一次冬季考察时闻到过这种令人兴奋的香味后，我开始为这种菌类陶醉。

我们经别人介绍，认识了一位资历很深的松露搜寻家——卡布莱提先生。我和吉姆去拜访了他。

我们和他以及他的妻子坐在舒适的餐厅里，一小口一小口地呷着咖啡，吃着杏仁脆饼干，虽然这些食物在大多数面包店都能找到。他告诉我们他小时候祖父带他寻找松露的故事。

"我的祖父年纪太大了，干不动葡萄园和田里的活，于是他照看起了菜园和我。我的母亲在我出生的时候就去世了，我跟随祖父去过许多地方。他是一个高大的男人。即使背是弯的，看上去也比周围的大部分男人都要高大，不像我。"他笑了，因为他很矮小，只有五英尺多高。

"他的鼻子很大，手脚也很大，但他一点儿都不笨拙。在森林里，你甚至听不到他的脚步声，真的很轻。"

"那个时候你多大？"我问。

"噢，我应该十岁。让我想想，那是一战后，1925年左右。我的祖父和父亲都参加了战争，很幸运，都活了下来，但他们住在这附近的朋友大部分都死了。在那边广场的纪念碑上，你能够看到他们的名字。劳吉尔、伯恩、米那沃、斯加冯——我认识他们所有人的儿子。他们的儿子都和我差不多大，不过现在活着的也不多了，在二战中都战死了。这里的人加入的都是游击队，大部分是。"

他的妻子微笑着，从光洁的木桌旁站起身来，拿走了桌子中央的钩针摆设和一盆有益于健康的紫罗兰花，把它们放到了闪闪发光的餐具柜上。回来的时候，她带来了一个银边相框，照片上站着六个男人，都配着枪，也许是为了挡住阳光，他们的帽子都拉得很低。

"我们都睡在这儿，除了站岗的人。"他指着背景中的石头小屋，"我们在那片森林里，也找到了一些松露树，但是我们再也没有回过那儿了。"

我们又谈论了一点儿关于战争的事情——我告诉他，我的祖父在一战中战死了，被埋葬在法国康布雷附近的加拿大军人公墓。然后我们的话题又转回了松露。

"我的祖父向我展示了找到松露的方法，松露生长的地方有一些特征，就是那些橡树脚下，周围一圈草都会死。在松露成长时，会发生一些变化，影响到周围的草。第一天，我们没有把猪带过来。一般他总是带着猪去寻找，我现在还这么做。"

我示意他继续。

"'祖祖'——我祖父是这么叫我的——'我要带你去找松露，不带猪和狗，什么都不带，只要带着你的智慧。如果你能找到它们，你就可以卖掉它们，这样你就不会缺钱花了。这种知识是遗产的一

部分，但是你得通过努力才能得到它。'

"那天他教我怎样从阿勒坡松上折下一根树枝，然后扯下所有的松针，做成一条鞭子。我们在一堆松树边上徘徊着，接着我的祖父用鞭子的尖端轻轻地拨开地面。'啊，啊哈，'他说，'看！它们在这儿。看见这些苍蝇了吗？这说明这儿藏着松露。'"

松露就像磁石一样吸引着松露蝇。松露蝇将它们的卵产在松露顶上的泥土中，为那些缺少猪的引导的搜寻者提供线索。

卡布莱提先生往后一靠，微笑着说："啊，那快乐的时光啊。"

"你是怎么把它们挖出来的？"

"我的祖父用了一种工具，很像螺丝刀。他小心翼翼地把它推进土里直到碰到松露，松露很硬。然后，他把周围的土弄松，再把'螺丝刀'抽出来，就能挖出来了。很大块。"他起身走进了厨房，"就像这个。"他拿着一个凹凸不平的黑色松露，有葡萄柚那么大。现实生活中，我从没见过那么大的，只在照片上看到过。

"我能拿一下吗？"

他朝我摆了一下手指："啊，不行。这个已经卖给了一家餐馆，我不希望它出什么问题。价钱也卖得很好。它有半公斤重，卖了1200法郎。"那个时候，这个价钱相当于200美元。

他把松露放回储藏的地方，然后说："松露待我不薄。除了跟松露有关的活，我从来没干过其他职业。事实上，我父亲去世时，为我留了农场和葡萄园，但我把所有的葡萄藤都拔了，种了橡树。我可以一直买葡萄酒，用不着自己酿造，还是种松露比较好。"

我们到了他的一个松露园，然后拜访之旅便结束了。卡布莱提先生在他的格子衬衫外面罩上了一件手编羊绒背心，他灰白的卷发上戴了一顶棕色的毡帽,脸颊像苹果一样泛红,小小的眼睛十分明亮,这一切使得他看上去像一个霍比特人。从他家出来后,我们又经过了好几户人家才走到一个石头车库。他用一把沉重的钥匙转开了门锁,推开门后,我们看到一辆闪亮的白色雷诺车,车边有一个猪圈,里面围着一头发着咕噜声的猪。

"这辆雷诺车是我去年买的,还是新的。"他大笑着,拍了拍那辆车。那辆车后门正对着猪圈。他打开猪圈的门,将一个木头斜板抵着猪的床,床上铺着厚厚的一层新鲜牧草。"来,来,我的美人。"当我转到猪这边时,卡布莱提先生愉快地叫着,"对,我的女孩,吃饭的时候到了。对,是真的。"

这头猪的身子很瘦长,皮肤呈玫瑰红色,上面长着白色的猪毛,她让我想起了露克丽西亚——许多年前我和唐纳德买的一头繁殖母猪。那个时候我还不知道松露。我很好奇,在我们羊舍边上的森林是不是也会有松露,露克丽西亚是不是也能把它们闻出来。

过去,人们会将他们的猪带到森林里吃橡树果实。我听说聪明的猪会找到松露,然后把它们拱出来。但就像卡布莱提先生今天说的一样,搜寻者必须就在它们旁边,否则猪就会吃掉整个松露。

卡布莱提先生同其他使用猪的搜寻者一样,用链条把猪拴起来,一旦猪注意到或者闻到了松露,链条就会被猛地拉紧。那个时候,猪会朝前猛扑过去。接着,猪会用它有力的鼻子将松露拱出地表,然后吃下肚。然而,狡猾的搜寻者们会迅速地扔给它一块饼干,用一只手把猪的头拉到一边,而另一只手会伸到地上拿走松露。卡布莱提先生扔出奖赏的动作异常迅速,然后又将手不引人注意地插进了口袋里。即使我就站在他身边,也没能看清这一系列的动作。有

些搜寻者会在猪鼻上挂上一个环,从而阻止它们拱土,但是卡布莱提先生说他觉得这样做太残忍了,也显得主人太过懒惰。

"你必须技术娴熟,这样就用不着去伤害你的猪。它们是你的朋友。"

我问他有没有用过狗来代替猪,他耸耸肩,说:"噢,有时候会。"在他看来,最好还是用猪。这样的话,一两年内你就可以杀掉猪,拿松露和火腿、罐头肉酱一起吃。但如今的普罗旺斯很少有人会用到猪,我想这是因为它们的体形不便于四处活动,并且还需要整年都为它们提供食物、住所和清洁服务。

现在是狗比较受欢迎。狗的血统并不重要——几乎所有的狗经过训练后,都可用于寻找松露。比血统更重要的是狗的智慧,以及狗与主人之间的关系。我曾经带着达克斯猎狗、伯恩山犬、英国激飞猎犬和杂交狗出去搜寻过,区别不大。我也曾经看到过让狗搜寻松露的比赛——搜寻者们让他们的狗互相竞争,看哪只狗能够最快找到被埋在秘密地方的松露。

当我问起一位普罗旺斯老人,有关怎么训练狗的问题时,他耸了耸肩,说:"很简单。给它一块松露,让它熟悉味道。接着把松

露放在一只袜子里，把口系上，扔出去，然后让狗跑出去找到袜子。找到了，就给一块饼干作为奖赏。然后把袜子藏在不同的地方。当它总是能把袜子找出来时，就开始将松露埋起来，这样它就能够闻出在地下埋着的松露。这样，即使在森林里，它也能靠嗅觉找出松露了。当然，出发之前，狗得吃一顿好的。"

狗在找到松露后，不会挖出来，而是坐在那里，等着它们的奖赏。它们更感兴趣的是主人的嘉奖，而不是吃松露。

回到卡布莱提先生家后，我们正要对他说再见。

"等一下。"他一边说着，一边急急忙忙地跑上楼，回来时带来了一瓶玻璃罐头，里面装着五枚鸡蛋。他拧开了罐头的盖子，从他的口袋里拿出一些松露，和鸡蛋放在一起，然后又弄紧盖子。"这些是我的鸡下的蛋。把它们和松露一起放在罐头里，这样松露的味道就能渗透到鸡蛋里。两三天后，把鸡蛋打在碗里，清洗好松露，和鸡蛋搅拌在一起，沉淀一阵后，加入一些海盐，然后用黄油炒，这样就能做成黄油炒鸡蛋了。啊哈哈哈！"他咂了一下嘴，"太美妙了。"

我们按他说的做了。当我们在普罗旺斯的时候，只要遇上产松露的季节，我们就会自己制作传统的黄油炒鸡蛋，就着这道菜下肚的还会有薄薄的烤面包片和一杯本地产的红葡萄酒。每咬一口，都会感觉自己沐浴在浓烈的肉味享受中。我们将松露与土豆一起磨碎，或者切成块加入沙拉，或者洒上点儿橄榄油、加上点儿海盐夹在烤面包中。在一二月份，许多社区都会举办松露盛宴。我们也曾参加过一次盛宴。这次盛宴由一个松露爱好者协会举办。在宴会上，我们和那里的上百个人一样，大快朵颐着四、五甚至六道菜——原料全部都是松露。

杜松子鸡炖蘑菇

当我穿过普罗旺斯的森林寻找蘑菇时,我注意到杜松树的味道和森林地面散发出的潮湿的真菌香味几乎一样强烈。我喜欢将我的口袋装满深紫色的杜松子,杜松子与蘑菇一起烹煮散发出的香味,会让我脑袋中重现在森林搜寻之旅的记忆。

食材:

烤鸡

杜松子

法国棍式面包块

蘑菇:鸡油菌、牛肝菌、刺猬蘑菇或者其他野生蘑菇

调料:黄油、海盐、黑胡椒粉、青葱、百里香叶、
　　　干红、辣椒粉

做法:

一、准备工作

1. 用研钵和杵将杜松子碾碎

2. 将两三撮碾碎后的杜松子、一些海盐和黑胡椒粉混合,摩擦涂满烤鸡的内外皮肤

3. 将蘑菇切成片,青葱切碎

二、填充鸡腹

1. 在煎锅里熔化一小块黄油
2. 将两大勺切碎的青葱、两大把野生蘑菇一起油炸
3. 放入海盐、辣椒粉和杜松子调味,之后倒出锅
4. 将调味后的蘑菇和棍式面包块放在一起搅拌均匀,加入一片百里香叶
5. 把这些混合物填满鸡腹,用绳把鸡腿绑起来封口

三、烤鸡

1. 鸡放在烤锅中烘烤,不时地用锅中的汤汁浇淋鸡身
2. 鸡内侧的大腿肉柔软得能够用叉子刺穿时,将鸡挪到案板上
3. 切开鸡腹,将填充物置于盘子中心
4. 在锅里加入两把蘑菇煎炒,并加入一杯干红,炒至颜色金黄
5. 把汤汁和蘑菇均匀地浇于鸡身

杜松子鸡炖蘑菇就完成啦!

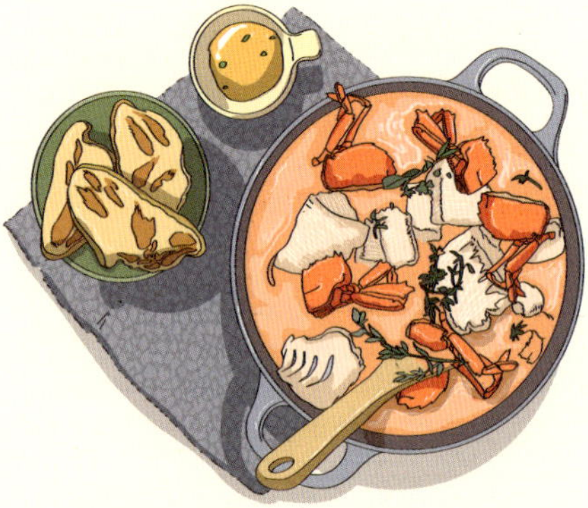

第四章

所 有 人 的 普 罗 旺 斯 鱼 汤

◉
"看"
"普罗旺斯鱼汤"
"你以前吃过吗"

// 01 //
布鲁诺先生的鱼汤课

放牧山羊和制作奶酪的那段短暂岁月里,我们受到了当地人的欢迎。大家都想要与我们分享他们的特色食物和传统文化,其中,最热切的要数布鲁诺先生。

一个春日,奥利弗刚刚五个月大,我们受邀去布鲁诺家中享用美食。我和唐纳德先品尝到的是青胡桃酒。这是一种烈性葡萄酒,酿制时把青胡桃浸泡在红葡萄酒中,并添加了糖和白兰地。

布鲁诺先生端着一碗普罗旺斯鱼汤走了过来,"只用鱼是做不成普罗旺斯鱼汤的。"他说。

"我的丈夫,"他的妻子微笑着,"他知道怎么做地道的马赛鱼汤(也叫普罗旺斯鱼汤),你知道的。他是马赛人,在马赛长大。一直到进入部队以前,他都住在那里。"她点了点头,"没错,就是他在部队的时候,我遇见了他。那时,他同法国外籍军团驻扎在中南半岛,我则生活在河内的乡村地区。我的外祖母是最早的一批移民,我外祖父则有一个很大的肉店,是河内最大的。他整天骑在马背上到处闲逛,后面跟着仆人。"布鲁诺夫人越讲越兴奋,她挥舞着手,眉毛也扬了起来,双唇时而嘟起时而微笑。她的丈夫从不会打断她,让她滔滔不绝地说着，直到她自己停下来。我却觉得越来越跟不上她的故事。事实上，这个故事我以前听过，在以后的日子里，我还会多次听到，直到布鲁诺先生去世、他的妻子搬走。我从来不曾完整地听过这个故事的来龙去脉，但随着他们一次次的讲述，那些关于他们个人经历的片段逐渐串连在了一起。

"看，普罗旺斯鱼汤。你以前吃过吗？"

我们曾在马赛吃过一次，我对它的印象不深。大概是一碗碗鱼、贝类和大蒜味味调味酱混合在一起的汤。让我印象更为深刻的是，十月里的一天，那是我和唐纳德结婚前的几个星期，我们面朝着旧港里停泊的船，在泛着烛光的餐桌前坐了很久。然后又沿着堤岸在港口边散步，在路上我们还看到了伊夫堡，那是基督山伯爵曾经被囚禁的地方。

"啊，很好，你在马赛吃过真是太好了，"布鲁诺先生说，"每个地方的做法不同，但是只有在马赛你能吃到地道的普罗旺斯鱼汤。对了，我干吗不给你做一碗呢？乔治妮，你很喜欢烹饪，而我，一个真正的马赛人，会让你看到普罗旺斯鱼汤的地道做法。你下个星期天能过来吗？那天你方便不？下个星期天，我会从马赛把鱼带过来。你也得带几条。可以吗？"

"好。"我们齐声回答。虽然现在正是山羊产奶丰盛的时候，但是我们可以早点儿把早上的活干完。平时我也不在星期天去集市贩卖山羊奶酪，唐纳德那天也不用运输鸡群。对于我们来说，那天相对清闲，并且我也很喜欢从布鲁诺先生那儿学习烹饪，特别是像烹调普罗旺斯鱼汤这样特别的东西。

"很好，很好。"他搓着双手说。

这时,我们坐在他们屋外的小小石板露台上,露台离他刚刚筑好的砖头烤肉架很近。红色的郁金香从上方的道路,沿着沙石马路一直开到了灰色的石头墙脚下。从这里我们能看到山谷里的葡萄园和远处的森林,如果踮着脚的话,还能在森林边缘处看到我家羊舍和猪舍的屋顶。

"那么,下个星期天你们在早上十点半到这儿来。我会用我买的鱼亲自教你的,并告诉你详细的制作步骤。小不点儿埃塞尔可以在一边玩我收集的石头。"埃塞尔很喜欢把玩他的石头,那都是他在山谷里或者周围发现的,有些石块里还藏着化石。那些是真正的化石,像是恐龙骨架的碎块,或是高卢罗马人的陶器碎片等。"我们烹调的时候,乔瑟琳可以帮忙照看婴儿。这样行吗?"

"当然。"我说。布鲁诺的夫人乔瑟琳很喜欢奥利弗。奥利弗出生时,她送给我一个普罗旺斯传统的柳编的婴儿篮。那是她亲手做的,她用古式的棉花带穿过柳条的上部边缘给婴儿篮镶了边,还做了一套配套的寝具。婴儿篮有两个把手,上面包着蓝色宽缎带和粗粗的白绳。她说,父母在工作的时候,可以用绳子把篮子挂在橄榄树上。篮子里还有手工缝制的普罗旺斯婴儿斗篷和帽子。我现在还保存着篮子,最近把棉花带和斗篷送给了奥利弗和他的妻子,给他们的宝宝用。

布鲁诺夫人对我们很好,但是她却太热心了,强烈的感情让我们有些难以承受;布鲁诺先生却是完全相反的相处模式,和他在一起烹饪很开心。

星期天天气很晴朗,我们带着许多新鲜的奶酪来到布鲁诺家。

"噢,谢谢,谢谢。"布鲁诺说,他打开了一个包装,放到鼻子那儿,深深地吸了口气,"啊,很甜美,很新鲜。太棒了!你做的奶酪太妙了,就是以前那种纯正的山羊奶酪。"

其他人曾经也这样夸奖过我,而且我也为我们的成果感到自豪,然而每次听到别人的夸奖,我还是会脸红。来自布鲁诺先生的赞美之词特别重要,因为他是一个欣赏并且热爱美食和美酒的人,也熟知它们的制作方法。他知道怎么制作山羊奶酪和绵羊奶酪、腌肉、屠宰、切割各种动物,挑选最好的鱼和贝类,以及酿造葡萄酒和利口酒。他还知道在哪里能找到野生芦笋和蘑菇。他就像我曾经见过的许多普罗旺斯人一样,不仅着迷于本地美食、食材和制作方式,更热衷于谈论这些,而不是谈他的工作。我从来都没听说过布鲁诺先生是做什么的,除了他的妻子说到过他在军队里的经历。偶尔他也会提起一些房产的事情,这也是他们返回马赛的一个原因——他们常年住在那里。

"让我们把这些奶酪放到盘子上,我也从马赛带来了一些绵羊奶酪让你们尝尝,还有一些我告诉过你的白干酪,是霍夫产的,那里离我堂兄家不远。现在,让我们开始做普罗旺斯鱼汤吧。"

普罗旺斯的乡村地区最常见的建筑有四种:农舍、法国南部乡村住宅、别墅和庄园,可是他们的房子哪种也不是。农舍包括大型零散排列的建筑和小型紧密排列的建筑两种。法国南部乡村住宅是大型农舍,也起着堡垒的作用;别墅曾经是指那些带花园和土地的独立的大房子。最近,这种别墅建筑也会建在村庄和乡村的边缘地区。乡村庄园都很大,有很多层,通常建成正方形或者长方形,要接近这些房子通常需要走过一条种着悬铃木或者白杨的小径。

布鲁诺的房子是一座小巧的两层石头房,屋顶铺着红色的瓦片。

房子坐落在布满橡树和杜松树的山坡上，旁边是一条灰尘扑鼻的小窄道。房子的灰泥墙刷着淡淡的粉笔蓝色，那是 20 世纪 30 年代很流行的一种颜色。木质百叶窗被涂成了暗棕色，下面和前门上的窗户则镶上了铁栅栏。这座房子不带谷仓或者阁楼，只有一个刚建好的车库，因此不能把它称为农舍。房子太小了，严格意义上讲，又不能算是一个真正的别墅。它当然也不会是庄园房。我从来都没有见过像那样的房子。

前门打开后，是一个正方形的休息室，里面有一座结实的木质雕花楼梯，盘旋着通往二层。我认为，这样的楼梯更适合城堡建筑而不是这个小小的房子。休息室里摆满了许多镀金的小桌子，桌上摆放的黑檀木雕像、雕花盒子、几块玉、粉水晶以及一些大化石，细长的桌腿支撑着它们。其中有一张桌子上放着一盏灯，灯罩是褐紫色的，上面吊着金色的穗。门后是一个象腿伞架，旁边立着一个衣架和装饰橱。休息室里剩下的空间刚好可以让人通过走到楼梯边，或者向右走到浴室，或者向左走到起居室。这个房间和其他房间一样显得有些幽闭。

在起居室的一角，放着一张圆形餐桌，上方挂着一盏绿色玻璃枝形吊灯。起居室里还放着一张褐紫红色的植绒沙发、两把填得又软又厚的皮椅。瓷砖地板上铺着一块中东手织地毯；一个角落里立着古董橱柜，上边放着一台录音机；另一个墙角里则放着内置雕饰衣柜。几面墙壁被书架、油画和水彩静物写生画（布鲁诺先生自己的作品——画得很棒）以及一面大钟给完完全全地遮住了。起居室后面的那扇门朝右开着，通往厨房。

"这边走，这边走。"布鲁斯先生穿过起居室混乱的摆设，把我们带向厨房。

"所有的都在这儿了。这些是我今天早上在比利时澳海大道上挑选出来的。每天早上,渔民会把他们头天晚上的收获运过来。那儿很棒,鱼贩子都……嗯,他们都很粗鲁,但是,这只不过是一方面,重要的是鱼。"

"现在,首先,"我们的导师继续说,"我必须告诉你们,只有我们六个人喝普罗旺斯鱼汤是一件非常奇怪的事情。"我觉得他很细心,因为他将埃塞尔也归到了餐桌上坐着的人里。法国人认为,不管孩子多小都可以学着去理解吃的真谛。"至少是八个人,但是最好是十个、二十个或者四十个——越多越好,因为制作普罗旺斯鱼汤的秘诀之一就是使用不同种类的鱼作为原材料,这样量会很大。"

他卷起了衣袖,穿上了白色的围裙,用来盖住他的手编棕色毛绒马甲以及宽厚的腹部。那个时候他大约五十岁,棕色的头发开始有了谢顶的趋势,橄榄色的头皮越来越清晰可见。说话时,他的棕色眼睛不停地眨着。一笑起来,就能看到他的右边脸颊上出现的一个小酒窝。马赛人因为谈锋甚健而闻名,但是他其实不像他的妻子那么健谈,甚至有点儿拘谨。我想这也许和他曾经在亚洲生活过有关,他说他在那里曾经信仰过佛教。

"看,鱼都在这儿。"他打开了脚边的一个铁皮冷藏箱。我看到有一打以上的鱼被冻在冰块里,里面还有一个打了孔的铁皮盒和一些潮湿的粗麻布袋子。他轻轻敲了敲盒子:"这里面是小螃蟹。我必须把它们和鱼分开放,要不然它们会啃鱼肉的。"

这个厨房很小,如果我站在厨房中间展开双臂,双掌几乎可以碰到墙壁。在合成花岗岩水槽上方安了一扇小小的窗户,水槽旁是

一个齐腰高的冰箱。一个炉子背靠着后面的墙,厨房里还有一个餐具柜,头顶上悬挂着罐子和平底锅。窗帘用的是普罗旺斯传统的红色布料,上面有一点点印染的图案。窗帘用一根绳子穿着,遮住了水槽和厨房工作台。工作台上放着架子。我们屁股挨屁股地站着。布鲁诺先生把鱼一条接一条地放在了一个铺满茴香的大盘子上。他一边讲述着每条鱼的特性和产地,一边向我们说明区分鱼的质量和新鲜度的关键之处。我听得很入迷。

"现在这条是圣皮埃尔鱼,深水鱼。"他放下了一条银色的比目鱼。那条鱼的头看上去只有一半,它的背部长着放射状的多刺鱼鳍。我觉得它很漂亮,很好奇几个小时以前,它在海里安静地遨游时会是什么样子。

"看见它眼睛后面的黑点,你就知道它是圣皮埃尔鱼。这种白色的圣皮埃尔鱼肉质比较柔软,所以我会在烹饪要结束时才把它加进去。"我清楚地在鱼身中央看到了黑色的圆点,那甚至有点儿像污迹。

我刚想问他为什么这种鱼叫作圣皮埃尔时,他就告诉了我:"它的名字来源于耶稣十二信徒之一的渔夫——圣皮埃尔。据说他在找钱向罗马人进贡时,就抓着这种鱼,于是大拇指在鱼身上留下了印。"我伸出手,把大拇指压在污点上,这时,我想起了在主日学校的课程上学到过这位伟大的渔夫。

接下来是许多红棕色的鱼,它们的头向上凸起,鱼鳍像大头针一样锋利。我觉得它们很眼熟,很像我和哥哥以前在南加州的礁石中找到的斑点鱼,我们叫它们牛尾鱼或者蝎子鱼。有人告诉我们要把它们放回去,因为它们不宜食用,身上都是鱼刺,尝起来还有股碘酒的味道。"这些是鲉鱼,"布鲁诺先生指着那些小鱼说,"是普罗旺斯鱼汤最重要的部分。煮的时候必须整条使用,头也要保留。这些藏在礁石里的鱼刺很多,但是它们的味道很鲜美,肉也很结实,你会尝到的。"我想知道我们之前为什么没有烹调那些斑点鱼——这种想法到底是受到了传统的束缚还是真的因为味道不好。

接下来是另一条礁石鱼——加利莱特鱼。然后是一条小鳗鱼,它的身体就像还活着一样柔软。再来是一条较大的银黑色的鱼。"看这个。是不是特别漂亮?"他让鱼从手中滑到盘子里。

"看这眼睛多么清澈明亮啊,鱼皮也很滑——这些都说明这是一条很新鲜的鱼,离开海水最多不超过二十四小时。当然,今天所有的鱼都是早上从船上买来的。但是我最喜欢的是这条海狼鱼。它的肉柔嫩、甜美,充满了深海的味道。"

他打开了一个麻布袋,里面装着一大块鮟鱇鱼。"很丑的一种鱼,但是很好吃,肉很紧实。在一份营养均衡的普罗旺斯鱼汤里,这种鱼是不可或缺的。它的头——这儿,看!你看过这样的头吗?"他一边说着,一边打开了另一个麻布袋,一个呈钻石形状的鱼头露了出来,鱼骨很大,很显然它是鱼类世界的比特犬。因为被放在冷藏箱的角落里,鱼身上的脊柱已经变得弯弯曲曲了。我从没有见过鮟鱇鱼,但是我承认它真的很丑。这时,他从另外一个麻布袋里倒出了更多的鱼头。

"在做汤底前,我们首先得给鱼调味。来,把这个洒在它们身上。多放点儿。"他递给我一个葡萄酒瓶,上面装着不锈钢的瓶口。我以前见过,知道这是橄榄油。当地人买橄榄油的时候都是买回来一大批,然后装在自家的葡萄酒瓶里,后来,我和唐纳德也开始这

么做了。我把鱼浸入水中，同时布鲁诺先生往它们身上撒上了海盐、辣椒和藏红花。

"现在，加上点儿小茴香。"他用手指揉碎了晒干的野生茴香头，然后把小茴香撒到鱼身上。我也拿起一些照做，鱼身上散发出了一股刺鼻的欧亚甘草的甜香。他又往鱼身上放了一些新鲜的亮绿色茴香叶。这种香叶常见于晚春时节。因为厨房里浓浓的茴香味，我的鼻子痒痒的。

我们又花了半小时的时间，制作普罗旺斯鱼汤的汤底。烹调的时候，埃塞尔和唐纳德不时地进进出出。埃塞尔对于盘子里的鱼特别好奇，她观察着鲉鱼的鱼鳍和锋利的牙齿，把它们同海狼鱼精致的小嘴进行对比。"这些更加漂亮，你觉得呢，妈妈？那个，"她说，指着鲉鱼，"看上去很恐怖。"我又想起了以前从礁石里的海藻床上钓上来的斑点鱼，我把它们从钩子上放下来，小心翼翼地用毛巾包住——这样我才不会被鱼鳍刺到，然后又把它们扔了回去。

我们先往汤底里加入了橄榄油，又加了韭葱、洋葱、大蒜、番茄，以及新鲜野生百里香，然后我们把汤底倒入一个很大的汽锅里，煎炒着，直到整个厨房都弥漫着香料的味道。最后我们把冷藏箱里的鱼头和鱼身，还有一盘小螃蟹和鳗鱼都倒入了锅中。直到鱼肉从白色变成暗色，肉质也变得松软，鱼头骨也开始露了出来。

"我去拿小鱼，你要不停地搅拌。"布鲁诺先生从冷藏箱里拿出了一个麻布袋，打开后，他小心地从里面倒出了两三打小鱼，有些鱼还没有我的小拇指长。他把这些小鱼倒进了锅里，五彩缤纷的小鱼下锅时，如同一道小小的彩虹。因为锅里面已经倒了热油和蔬菜，它们身上的颜色立刻从红色、橙黄色和橄榄绿变成了统一的灰色。

它们明亮的眼睛也暗淡了下去，在高温里翻白了。

"这些礁石小鱼会让汤底更加鲜美。它们同鲉鱼一样重要。"搅拌的时候，鱼身慢慢地分解，融入了蔬菜中。他又往里面加了一些水、一块干橘子皮、盐和辣椒粉。煨汤时，汤散发出来的香味也慢慢地由高山的味道转变成了海洋的气息。

煨汤底的同时，布鲁诺先生带着我做大蒜辣椒酱。这是一种用大蒜和红辣椒粉做的酱汁，我们过一会儿就会把它放进鱼汤里。我们还需要准备好面包片，切下几片棍式面包，然后把面包片放在炉火上弄干（他说千万不能烤），然后，用大蒜瓣摩擦粗糙的干面包片。

汤在锅里煨着，唐纳德和埃塞尔已经出去散步了，他们在寻找古罗马时期的陶器碎片。我来到了外面的露台上，想看看奥利弗。他正在他的婴儿车里咕哝着，挥舞着他小小的胳膊，踢着他的小腿。布鲁诺夫人在栗子树下摆好了餐桌，和布鲁诺先生说着话。我走到露台的边缘，目光穿过沉静的山谷，眺望着远方的阿尔卑斯山。我心想，能够经历这样的生活，我是多么幸运啊。亲吻过奥利弗后，我又走回了厨房。

汤底已经煨好了，我们把它倒进一个大的老式食品榨汁机里，转动着手柄，直到螃蟹、小鱼、草本植物、蔬菜都变成了浓浓的金棕色的汤流出来。鱼骨头和其他碎片则都留在了榨汁机里，然后被扔掉了。我们用一把圆锥形的大漏勺过滤汤，确保里面没有剩下骨头。我举着漏勺，布鲁诺先生把汤往里倒，这时，我完全笼罩在浓汤散发出的香味中。我开始饿了，嘴里流出了口水。

过滤完后，我们把汤倒进了一口干净的大锅中。我的老师点燃

了炉火，用文火在上面煨着汤，接着，又为每个人倒上茴香酒。那个时候，唐纳德和埃塞尔已经回来了，带回来一大袋子收获。布鲁诺先生兴奋地叫喊着，说午餐后要仔细看看那袋东西。随着他将一盘拌着罐头肉酱的烤面包片在餐桌上传递，我们开始吃东西了，而他继续谈论着他引以为豪的普罗旺斯鱼汤。

"普罗旺斯鱼汤的秘密和真谛在于烹煮，橄榄油会让汤更具风味。在烹煮过程中，只需要简单地处理里面的鱼。虽然这样煮出来的鱼肉不怎么好看，但是如果把鱼肉煮得很好看的话，那么这个马赛鱼汤就没做成功。"他微笑着，朝我摇了摇手指，"记住，下次你去餐馆里看看。"

我们在品尝茴香酒时，布鲁诺先生往汤里加了一点儿藏红花，搅拌了一下，然后又放进去几条肉很紧实的鱼——这些鱼必须最先烹煮。他看了看手表。鱼汤开始沸腾了，鱼在汤面上翻滚着。我饶有兴趣地欣赏着鱼皮轻轻地裂开的场面，在煮的过程中，整块肉从鱼身上剥落了下来。过去了十二分钟整，他又往里面加了几条肉质更嫩的圣皮埃尔鱼和红鲥鱼。他又把它们煮了六分钟。

"啊，"他微笑着，"闻闻。"他探身到锅前，朝鼻子扇了扇腾腾上升的蒸汽。"什么都比不上马赛鱼汤。什么都比不上。"我和唐纳德也照做了，我们的手在汤上扇着蒸汽，从而可以让自己闻到混杂着藏红花和橘子味道的海之芬芳。埃塞尔坚持要我们把她举起来，这样她也可以在冒着蒸汽的汤上挥挥手，在空中尝尝鱼的味道了。

布鲁诺先生小心翼翼地把鲛鰊鱼块和其他整鱼都挪到了盘子里，接着，把汤盛到了大盖碗里，然后分别把鱼和汤都摆在了桌上。这之前，桌子上已经摆好了几篮温热的面包和大蒜辣椒酱。在布鲁诺先生的指导下，我们先自己用勺子舀了点儿他递过来的大蒜辣椒酱，涂在柔软的面包片上。再把面包片放到面前浅浅的镶边汤盘里，再浇上点儿汤汁。布鲁诺先生一边给鱼去骨切片，一边叮嘱着我们多吃点儿，并为我们的玻璃杯中斟满了黑醋栗利口酒——一种产自马赛东面的白葡萄酒，口感很清爽。

太美味了！把蘸了大蒜辣椒酱的面包放进口味浓重的鱼汤中，面包立刻变得十分柔软，甚至拿汤勺就能掰断。咬一口下去，味觉和质感的结合瞬间爆发，令人难以忘怀。每舀一勺，各种食物综合的口感就增加一分。我一直在想，这种把鱼头、鱼骨、小螃蟹和几乎看不见的小鱼混在一起的汤怎么会如此美味？我的碗一下子就空了，我朝旁边看了看，其他人的碗也空了。

喝完汤，到该吃鱼的时间了。

我们的东道主以我见过的最娴熟的手法，在桌边完成了去骨表演后，递给我们装着好几种鱼的碗，又往里面添了几勺汤，然后继续在桌上传递着大蒜辣椒酱和面包。每一种鱼的独特味道和口感又为马赛鱼汤增添了些奇妙之处。

"很好，很好，亲爱的。"布鲁诺夫人兴奋地叫着，"鱼煮得很完美，可以与你父亲做的相媲美了。太棒了！"我们也一致赞扬他的手艺。虽然以前没吃过，不好做比较，但是我们很肯定吃到了地道的普罗旺斯鱼汤。

在马赛旧港边上的比利时澳海大道，依然能够买到最为新鲜的鱼和贝类，因为鱼和贝类是直接从船上运下来的。许多往码头运输的船都是在马赛注册的，根据船身上写着的注册号打头字母"MA"——马赛的缩写，我们能看出来这一点。许多船主世代都是

渔夫，他们的上一辈会传给下一辈关于捕鱼的知识，例如鲉鱼和鳗鱼在岩石海岸线的哪些秘密地方躲藏着、圣皮埃尔鱼和剑鱼的具体栖息地和深度、哪片泥沙的底部藏了最多的比目鱼。

马赛建于公元前6世纪，自建立时起，就是一个很重要的港口。它位于欧洲、亚洲和非洲的交界处，每天都会有来自世界各地的食品和货物通过此地。清教徒就是从这里出发，前往基督教圣地巴勒斯坦，而来自法国海外殖民地的移民也是从这里着陆的。这个带着异国情调历史的城市，把它的风味都集中在了普罗旺斯鱼汤里，这也是他们最有名的一道菜。

同所有传统菜一样，普罗旺斯鱼汤也有着自己独特的历史和传说。对于鱼汤的传说，马赛和土伦沿岸的每个家庭和每个港口都有自己的一套说法。有一个马赛传说甚至说，维纳斯喂给她的丈夫火神伏尔肯的就是普罗旺斯鱼汤。伏尔肯吃饱喝足后，便会沉沉睡去，维纳斯则会趁机与战神调情、玩耍。还有一些故事说，这种汤是希腊水手从福凯亚（小亚细亚一城市）带到马赛的。还有传说说，过去有些渔夫将他们从海里打上来的鱼中卖剩下的，甚至是摔成碎片的混在一块煮着吃，这就是最早的普罗旺斯鱼汤，学者们在历史记录中没有找到资料能够证明这个传说。还有些人说，这种汤根本难以下咽，因为地中海的海水盐分太高了。

普罗旺斯鱼汤（bouillabaisse）的名字据说源自"煮沸"（bouillir）和"降低"（abaisser）这两个词。"abaisser"也有"减少"的意思，在厨房这种环境中的意思是说汤煮沸后，汤汁也就减少了。虽然"abaisser"的基本意思是降低，但是炉温必须始终保持高温，这不仅是为了使汤浓缩，也是为了使橄榄油融入汤中。同时，马赛鱼汤美味的关键还在于选用新鲜的鱼和藏红花。

19世纪的旅行家描写在马赛的旅居生活时，都提到了普罗旺斯鱼汤。马克·吐温、爱弥儿·左拉和居斯达夫·福楼拜也在其列。著名的法国美食家库尔农斯基，把这种汤称为黄金汤，曾热烈地赞美它的味道。

19世纪中期，奢华富贵的酒店和饭馆盯上了马赛和蓝色海岸。这些酒店和饭馆为争夺名气以及旅客而互相竞争。于是，出现了现代黄金汤的经典做法：调味料不仅包括橄榄油和大蒜，还加上了藏红花、茴香、橘子皮、洋葱、番茄和其他芳香植物。

我们所熟悉的普罗旺斯鱼汤——干净透亮的汤里有大块的白色鱼肉、虾、珠蚌，甚至还有扇贝和龙虾——与尼斯和马赛最好的海边餐馆里的马赛鱼汤相比有很大的不同。1980年，有十一家餐馆——大部分都位于马赛地区——签署了"普罗旺斯鱼汤契约"，公布了普罗旺斯鱼汤的原料和制作方法，并且宣称要制作"地道"的普罗旺斯鱼汤。此项契约出台的原因在于，越来越多的普罗旺斯鱼汤远远地偏离了传统的制作方法，从而使得有着真实品质的鱼汤受到了威胁。契约承认的鱼汤制作方法比布鲁诺先生所认可的有更大的弹性空间，可以在汤里添加贝类和土豆，也可以用蒜泥蛋黄酱代替大蒜辣椒酱。对于余下的原料和制作方法，布鲁诺先生则是完全按照契约所规定的地道的普罗旺斯鱼汤的制作标准执行的。

// 02 //
普罗旺斯鱼汤宴会

埃塞尔和奥利弗长大后,我开始在普罗旺斯教授烹饪课程。这时有两兄弟,他们都是渔夫,在我屋前道路的尽头买了一个很大的农舍,然后将农舍分成了两个毗邻的居住区域。农舍曾经属于他们的舅舅,他们过去也经常会到这个房子里做客,所以他们与大部分村民以及村民的亲戚朋友们都很熟。

每年秋天,他们都会举办一个半私人的普罗旺斯鱼汤宴会,邀请八十到一百个人,每人收取大概 20 欧元,这刚刚够付他们的花费。宴会包括冷餐会、开胃小菜、根据契约制作的地道的普罗旺斯鱼汤——分成两道菜,以及饭后甜点。我是在一个朋友邀请我去填补她的宴会上的六人空位时发现这个活动的。那个时候,我刚刚完成持续四周的课程,正期待着做一些新奇的事情。

九月下旬的天气通常还很温暖,但晚上就会有点儿凉意,因此我在长长的黑色亚麻背心裙外面裹上一块方形披肩,因为我知道我们的宴会将会在户外举行,一直持续到晚上。

我是在差不多七点半的时候到的,我不想去得太早,以免我认识的人都不在。兄弟俩屋前的道路已经停满了车。这里原来是他们的小麦田，作物收割完毕后，现在变成了夜间的停车场。但是来的人太多了，我还是很难找到停车的地方。挂在农舍屋檐上的照明灯照亮了下面的一排桌子，桌子上已经铺上了一种厚而不透水的纸。在这个地区买了第二套房子的欧洲和法国城市居民同旧时的农夫和本地居民们混杂在一起。每个人都穿着华丽的夏日服饰，在冷餐桌前转来转去。小村里最英俊的两个男人正在餐桌旁为客人倒茴香酒、玫瑰红葡萄酒或者可乐。他们都过早地长出了白发，眼睛是棕黑色的，皮肤显得饱经风霜，前臂肌肉发达。空气中各种声音此起彼伏，知了的鸣叫成了宴会的背景音，从地下车库传出来橄榄油炸出的大蒜香。

　　我马上就看到了我的朋友伊冯，她正坐在她的桌边向我招手。她站了起来，亲了亲我的双颊，然后介绍她德国来的朋友给我认识。每个参加宴会的人都是自带餐具，伊冯带的是一套白色的瓷器，大部分都镶了金边。这种瓷器只有在《米其林指南》上提到的星级餐馆里才能看到。桌上还摆着水晶酒杯、厚厚的黑橙色亚麻餐巾，还有一些她最近去泰国旅行时得到的扁平餐具。桌子上的多种餐具在灯光下闪闪发光，形成对比的是，冷餐会用的都是塑料盘，而花生米、薯片、一口便能吃掉的尼斯小点心和焦糖洋葱扁面包则用纸巾包裹。

《米其林指南》：于1900年首次出版，起初只是一本简易方便的手册，为驾车者提供一些实用资讯，如关于车辆保养的建议、行车路线推荐、汽车修理行的地址以及酒店、餐馆的地址等等，后来开始每年为法国的餐馆评定星级，并因此而著名。

"来吧，让我们看看他们是怎么烹调的。"伊冯抓住了我的手。她在德国是一位成功的舞台演员，但对烹饪也很在行。她狂热地喜爱着厨房里的任何东西。我们来到车库，一百年前这儿停着的可能是家用马车，而现在里面放的是两口大铁锅，每一口直径都有一米多长。锅里的汤正冒着热气，散发出山和海的味道，这马上让我想到了布鲁诺先生的小厨房。两口锅被搁在圆形的大煤气灶台上，灶台下是一个水泥制的底座，有臀部那么高，锅的边缘几乎到我腰这儿。我想这样做起菜来应该会很方便吧。

车库很深，角落里光线昏暗，在离我最近的墙上挂着过去农村生活遗留下来的东西：厚实的皮革驴项圈、筛谷壳的筛子、表面光滑的木干草叉和草耙。如果这些物品在餐馆里，也许会是为了迎合顾客口味的装饰物，但在一个古老的家庭农场里，仅仅是很自然的摆设。

角落里，旋耕机和圆犁刀的轮廓依稀可辨。装满了鱼的箱子在干草叉和草耙下面靠墙放着。明亮的鱼眼睛和亮晶晶的鱼鳞在白热的灯光反射下闪闪发光，在车库里营造出了一种不太真实的深海奇观。我知道一些鱼的名字：小小的橙红色的是鲱鱼；圣皮埃尔鱼很容易辨认出来，这是因为它们身上的大拇指印；肥厚的大块是鮟鱇鱼，我想它们丑陋的头已成为汤底；钉子一样尖的是鲉鱼。还有更多黑色的、绿色的、蓝色的和红色的鱼，我不知道它们的名字。鱼旁边的箱子里装满了削了皮的土豆。两口冒着蒸汽的大锅中间是一张小桌子，上面放着一陶罐海盐、半玻璃罐藏红花、两杯茴香酒和一个装着月桂叶和野生百里香的大篮子。我站在这里，呼吸着这个地方的香味。伊冯则拖着我，要把我介绍给住在道路上方的美国人。

两兄弟臂下都夹着一把长长的金属勺，他们正在照看锅里煨着的汤。我和他们以前在路上互相打过照面，很高兴终于认识了彼此。他们都穿着短袖棉衬衫和牛仔裤，其中一个反戴着棒球帽，另一个把前额稀少的头发拂到了后面。他们的脸因为汤散发出来的热气而变得红红的，冒出来的小汗珠微弱地发着光。我问他们箱子里有多少鱼。

"噢，还剩下四五十公斤。我们准备了一百多公斤，包括小螃蟹，不过已经有很多成为汤底了。"他们其中一人一边搅拌一边说。

"这些鱼都是你抓的吗？"我问。我刚好能够看到黑黑的锅底下燃烧的丙烷火，火焰发出了嘶嘶的声音，我能感受到它的热气。沸腾了的黄金汤在有节奏地冒着气泡，汤表面起起伏伏。外面热闹的人群已经停止了四处走动，都开始坐下来。

"噢，不是所有的，是大部分。我们也做了些交易。我们有很多深水鱼，像是圣皮埃尔鱼，但是缺少浅水礁石鱼。所以我们和另一个渔夫做了交换。我们是很好的朋友。"

车库后部的黑暗处突然亮了，门打开了，一个女人拿着盆站在亮光处。接着，她朝我们走了过来。

"哎，简，大蒜辣椒酱已经做好了，现在只需要一点儿汤。"她指着木桌上的勺子，点了点头，把盆递了过去。两兄弟用旁边的勺子舀了一点儿汤，倒进了盆里，不停搅拌着，直到金红色大蒜辣椒酱的顶部变软、变滑。

"晚上好，"她朝我和伊冯笑了笑，"一切都很好，不是吗？"

这个夜晚，这个环境，这些鱼，一切都很完美，我们赞同地说。我们的眼睛一直盯着盆里散发着香味的大蒜辣椒酱，心想马上就可以把它大肆地抹在干面包片上、放进汤碗里或者抹在鱼身上。

"回桌子上坐吧。我们已经准备好要把大蒜辣椒酱端出去了。"

我们离开车库，急急忙忙地跑回座位，往碗里放上了一片面包。这时，一个女人刚好从我们桌前路过，她一边大笑地开着玩笑，一边将浓浓的大蒜辣椒酱舀到面包片上。而她后面跟着的人手里则端着汤。

伊冯往杯子里倒上了她从自家酒窖里带过来的瓦格拉斯红葡萄酒。我觉得这种酒对于汤来说味道太强烈了，但她很喜欢这种味道很重的红葡萄酒，并且天气也变凉了，入夜后，喝这种酒很暖。我们品尝着汤和葡萄酒，欢快的笑声也越来越大。享受普罗旺斯鱼汤所带来的纯粹的快乐成为一条纽带，出现在我们中间。包括我在内的所有人，都将会把这道菜永远珍藏在记忆中。

面包在汤汁中变软，大蒜辣椒酱也融入其中。每咬一口，我都能尝到大蒜、烤红辣椒、茴香、藏红花、鱼和蟹的味道。这些味道不是分离的，而是混合在一起，共同构成了汤底的味道。这时，几个女人端着冒着热气的汤锅从我们后面经过，如果客人需要的话，她们会往客人的碗里加汤。我一共要了两份汤，又拿了几片烤面包，从桌子上的小碗里蘸了一点儿大蒜辣椒酱，这时，鱼开始端上桌了。

深口盘子里堆着大块的鮟鱇鱼、红色鲻鱼片和鲈鱼片，还有一些奶油土豆。土豆被汤里的藏红花染成了金色。我记得布鲁诺先生并没有往他的普罗旺斯鱼汤里加土豆，但是他说土伦人会往汤里加土豆。

普罗旺斯鱼汤让我想起了过去的生活，那时，孩子们还没有长大，我的生活似乎更为简单。我早早地便离席了，我向伊冯解释说因为我累了。我从拥挤的田地里把车开出来，然后便驶入了夜色中。

并不是所有的普罗旺斯鱼汤,都会像布鲁诺先生教我的或者隔壁渔夫兄弟烹调的那样,用到那么多的鱼,也没有太多人坚守普罗旺斯鱼汤契约,虽然这个契约看上去似乎是一次有价值的尝试。在许多其他的做法中,有一种因为汤上放一个煎鸡蛋,被称作独眼马赛鱼汤;有一种只用了沙丁鱼;有一种只用蔬菜做成,甚至还有一种普罗旺斯鱼汤只用到了菠菜。鱼似乎成了普罗旺斯鱼汤中不那么关键的部分,其最关键的部分是大蒜辣椒酱和煮沸后的小火慢煮,这会使得汤和橄榄油的香味融合在一起。

我并不属于那些坚信普罗旺斯鱼汤只能用地中海鱼做的人,然而有些纯粹主义者却坚持这样认为,其中有一个是普罗旺斯厨师兼美食作家。他在他新开酒店的晚宴上,详细描述了地道的普罗旺斯鱼汤的做法,那个酒店位于里欧普斯不远的山上。他坚持要完全使用地中海鱼,而且煮汤的时候必须要用老式调味锅——如果你没有从你的祖母那儿继承这么一口锅,那么你就得到跳蚤市场上去寻找。他还说他无法忍受有些美食作家描写传统的普罗旺斯食谱时,食谱中用到的居然不是传统的原料或者制作方法。他说,他们那样做,只是为了把书卖给蜂拥而至普罗旺斯的外国人。

对于这种论调,我觉得有点儿厌恶,特别是有关跳蚤市场上买锅的那部分,不过我还是保持着微笑,什么也没说。

"那些所谓的作家,他们中有许多都不是普罗旺斯人。他们写什么东西都是只求捷径,还经常出错。他们写书是给外国人看的,只是图一个好销量。"我揣摩是不是该说点儿自己的想法,不过还是决定不那样做。

他挥舞着双臂,继续发表着他的意见。他告诉我们,有一次在

离地中海两百公里远的尤布瑞附近的餐厅里,他为了用合乎传统的鱼做鱼汤,雇人去马赛的比利时澳海大道买,又雇用出租车司机把鱼送到山上。那一次他花了很多钱,但却是值得的。因为对于他来说,更重要是做菜时,特别是制作普罗旺斯鱼汤时,一定要用到新鲜完美的鱼。

"今晚我烹调的鱼汤差不多就要完成了。我在里面用了一种很特别的调味汁,它很像蒜泥蛋黄酱,但其实不是。"我们一起有十个人,坐在餐厅里的三张桌子上。汤上桌后,他的妻子给每人都发了一个碗。接着他带着许多碗调料出现了,然后分别把它们放在桌子上。

"用勺子舀一点儿调味汁放到你们的汤碗里,只要一点点就够了。它的味道很浓烈,可能不是合乎你们所有人的口味。"在我们之中,只有安娜是法国人,其他分别是德国人、荷兰人、美国人和比利时人,并且除我之外都只在这个地区生活过一年左右。

我坐在安娜旁边。她闻了闻调料的味道,然后往碗里加了两勺淡黄色的稀薄调味汁。

乔安妮越过我的手,往她的碗里也加了一点儿,然后又舀了一勺汤:"能说说这个调味汁吗?里面有什么?"

厨师的妻子正要回答她的问题,却被厨师打断了:"有橄榄油,还有大蒜、盐、辣椒。它有点儿像蒜泥蛋黄酱,但事实上不是。"

乔安妮坚持问:"那,里面有鸡蛋吗,像蒜泥蛋黄酱一样?"

他继续赞美着他的调味汁的优点,直到最后他的妻子说,是的,有鸡蛋。

那个汤很美味。清淡的汤是用刚刚收获的番茄、肉汁、藏红花和茴香熬制而成,里面还有大块鱼肉。在晚秋入夜时,这碗汤让我们觉得很温暖。开车回家的路上，乔安妮说："我想，他的特别的调味汁里放的不过是捣碎后的蒜泥蛋黄酱而已。"

我怀疑她是对的，我就是他所痛斥的那些背叛传统的美食作家之一。如果他知道我的食谱里不仅没有提到任何跳蚤市场上的锅，甚至还相信不采用地中海鱼也能够制作出普罗旺斯鱼汤的话，他一定不会高兴的。我认为普罗旺斯鱼汤的精髓是：单独制作的汤底；选择鱼肉时，肉质紧实和娇嫩的鱼都要使用；清汤和橄榄油放在一块慢煮；用藏红花、茴香和橘子皮充分调味；分两次上菜——第一次是清汤、烤面包片和大蒜辣椒酱，第二次是去骨的鱼片。做到这几点，所有人都会同意他们在碗里享受到了天堂般的风味。我相信布鲁诺先生和我的渔夫邻居会赞同我的观点的。

我在加州做普罗旺斯鱼汤时，用的是在本地集市上买的鱼。我先端出用鱼头和鱼骨、本地螃蟹和在路边摘的野生茴香熬制出的汤底，然后再端出去骨鱼片和鱼块，我的鱼汤无数次地为每个人创造了美妙的回忆。

在庆祝埃塞尔和劳伦特结婚纪念日时，我也制作了这道汤。

我把汤锅放在户外栗树下的丙烷灶上，按照布鲁诺先生曾经教过我的那样，一步接着一步烹调着，吉姆在一边的炉子上烤面包片，并把大蒜泥刷到上边。我们一起坐在铺着普罗旺斯买的亚麻桌布的长桌前，酒杯里盛满了班多尔的玫瑰红葡萄酒，面前放着一篮面包和一碗大蒜辣椒酱。虽然面前的鱼产自太平洋，但我们几乎可以嗅到地中海咸咸的海风。

普罗旺斯鱼汤（土伦风格）

土伦风格的普罗旺斯鱼汤同马赛风格的不同之处在于：土伦风格的鱼汤里面加入了我恰好很喜欢的藏红花和土豆，有时候还会有珠蚌。除此之外，这两种风格几乎完全一样。先用小鱼、鱼骨、芳香植物和番茄煨成丰富的汤底，过滤提纯后，加入翻滚的开水和各种鱼一块儿煮。鱼汤分成两次上桌，第一次是清汤，需要和着干面包片和大蒜辣椒酱一块吃；接下来是鱼，切成块或者去骨切片。土伦风格的鱼汤还会加入金色的土豆。根据严格意义上的传统规定，普罗旺斯鱼汤必须使用特定的地中海鱼，不过我认为用太平洋或大西洋鱼也能做出一道很棒的鱼汤，只要选用的鱼新鲜不油腻即可。

食材：

1. 鱼：小鱼 4 磅（如小鳗鱼、礁石鱼和鲉鱼），冷冻的鱼头和鱼骨 5 磅，五六块鮟鱇鱼和若干其他整鱼（如比目鱼、红鲱鱼和海鲈鱼）

2. 蓝蟹或其他小螃蟹几只，珠蚌 2 磅

3. 调料：特级原生橄榄油、粗海盐、黑胡椒粉、干红辣椒

4. 芳香植物：茴香子、藏红花、洋葱、韭葱、大蒜、月桂叶、欧芹枝、百里香枝、鲜茴香茎、干橘子皮

5. 其他配菜：干面包片、土豆、番茄、干白葡萄酒、茴香酒

做法：

一、煨汤底

1. 将鮟鱇鱼和其他整鱼放在盘子里，抹上少许橄榄油，撒上粗海盐、黑胡椒粉和茴香子调味

2. 用薄薄的一层橄榄油盖住大锅的锅底，用中火加热

3. 加入一两把切碎后的韭葱、一颗剁碎了的洋葱、大量切碎的大蒜和一些削皮的番茄，搅拌 10 分钟

4. 加入鱼头和鱼骨，继续搅拌 5 到 10 分钟；再加入小鱼和螃蟹，搅拌 5 到 10 分钟

5. 再加入 3 升水、2 到 3 杯干白葡萄酒、少量大粒粗海盐、一点儿胡椒粉和芳香植物（一片干橘子皮、一片月桂叶、几根欧芹枝、许多根百里香枝、少许茴香酒）

6. 炉温调至高温，直至汤煮沸，然后再将温度降低，用文火煨汤底，直到鱼肉从鱼骨上脱落，这一过程大概需要 15 分钟

7. 先扔掉茴香茎和芳香植物残渣

8. 用过滤网把汤汁过滤出来，扔掉蔬菜残渣

9. 用食品榨汁机将骨头打碎，得到汤底

二、制作大蒜辣椒酱和准备面包

1. 用白在研钵里把一个干红辣椒碾成粉，去掉籽，加入3到4瓣大蒜和少许粗海盐，磨成糊状物

2. 将少许藏红花在一茶匙的热水里溶解，倒入研钵，搅拌混合

3. 一点点地滴入橄榄油，使混合物变稠

4. 再均匀缓慢地倒入橄榄油，一边倒一边继续搅拌，直到混合物像蛋黄酱一样完全变稠变硬

5. 将棍式面包片放在薄烤板上，以300华氏度的炉温烘烤大约20分钟

6. 最后用大蒜瓣摩擦面包片使其入味

三、煮鱼

1. 先将汤底煮至沸腾

2. 准备少量沸水，加入两三撮藏红花泡开，使其成分析出，然后加入汤底中

3. 将五六个土豆削皮，各切成四块，加入沸水中，煮5分钟

4. 再加入大块的紧实鱼肉、大条整鱼、珠蚌，最后放入去骨鱼片

5. 敞开锅盖慢慢煮沸10到15分钟后，待鱼肉变得松软

6. 捞出去骨鱼片，然后捞出整条鱼、鱼块和土豆
7. 再往大蒜辣椒酱里加入一两勺清汤使其表面平整

四、上菜

1. 分两次上菜
2. 第一次上鱼清汤、擦过大蒜的面包片和大蒜辣椒酱，用面包片蘸大蒜辣椒酱然后泡鱼汤吃
3. 给整鱼去骨切片
4. 第二次上各种鱼、土豆，仍然要有大蒜辣椒酱

一道正宗的普罗旺斯鱼汤就完成啦！

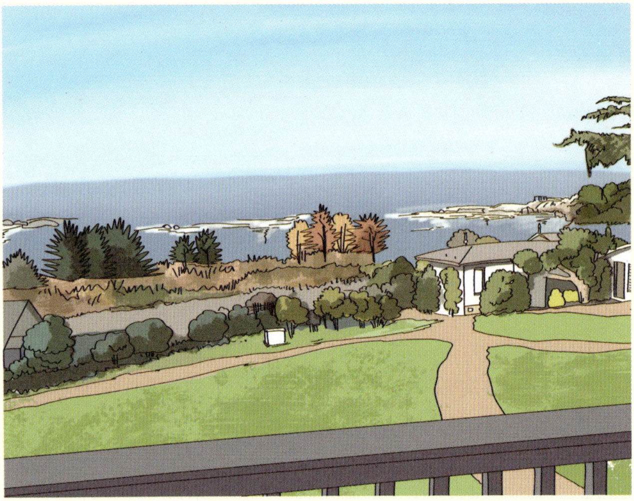

第五章

漫 长 的 夏 日 聚 餐

"这些都是新鲜的吗"
"看它们的眼睛！还是那么锐利，明亮又清澈。绝对是新鲜鱼的标志"

// 01 //
再回普罗旺斯

成为加州的老师后，我终于有时间享受这份职业给予我的漫长暑假。利用这个暑假，我和唐纳德回到了普罗旺斯，我们已经有三年没回去了。我们的第一站是乔琪特和丹尼斯家。奥利弗出生时，我们曾经租过他们的小房间。他们正等着我们吃午餐。我们还没有下车，他们就奔了过来，用拥抱和亲吻迎接我们。埃塞尔紧紧地抱着乔琪特，她还记得他们；奥利弗则躲在后面，紧紧抱着他的绿巨人娃娃。因为我们离开时，他还是个婴儿，对于这些讲着奇怪语言、亲吻他的人没有任何印象，也记不起他出生时那个温暖的小房子。

欢迎仪式结束后，我拉住了奥利弗的手，顺着铺了地砖的小道往里走。经过芬家的小院子时，我对奥利弗讲述着当他还是一个小婴儿时，在这个房子里曾经发生过的故事——我曾经在那里给他晾尿布，和他在小毯子上一起玩。埃塞尔跑在我们前面，饶有兴趣地对一些景观指指点点，像是在外面厨房的某处，她曾经看到过老鼠；在月桂树下的某个地方，我们的狗土恩袭击杀死了芬家的珠鸡；在那条小溪里，她和一个朋友为了寻找青蛙，在冬天把全身都浸湿了。

洋槐树和我记忆中的差不多,只是长高了一些。六月上旬,一串串白色的花朵开始凋谢干枯,将它们的生命浸泡在了奶油面糊和烤薄饼里。我曾经做过无数次饭的厨房现在已经满是煤烟,需要重新粉刷。但是我似乎依然可以看到,我们住在这儿时,野生芳香植物和一串串风干的血菇挂在靠近木炉子的角落里。

乔琪特把我从记忆中拉了回来,她大叫着:"桌子!"唐纳德跑了过来。芬家的绿色铁皮圆餐桌有一点生锈了,上面铺着一块白色的绣花布。餐桌已经布置好了,就放在石头露台上。由于弗吉利亚的攀援植物,石头露台很阴凉。乔琪特端出一盘清新的红白小萝卜,还有一盘黄油和一小碟盐。萝卜上带着几片小叶子,这是早上她从菜园里拔出来的。我暗暗发誓,回加州的时候要买些萝卜种子带回去,种在后院。丹尼斯拿来了一篮子新鲜面包,是刚刚从面包店买回来的,还带着热气。他还拿来了一瓶红葡萄酒和一瓶水。

坐下来的时候,我的身子擦过了桌边的鼠尾草,在享用第一道菜时,它刺鼻的香味飘浮在空气中。我们的第一道菜是脆萝卜,上面抹了恰到好处的黄油,撒了少许盐。产自邻村塔拉多村的暗红色的葡萄酒带点儿水果味,这个村子的酿酒行业很有名。在北加州郊区,度过了三年背井离乡的生活后,现在我终于有了回家的感觉。

就着面包和萝卜下肚的酒很完美。接下来是滚烫的、还冒着泡的美洲南瓜烤菜和沙拉。它们和着葡萄酒搭配同样很完美。奶酪端上来后,丹尼斯又拿出了第二瓶葡萄酒。甜点是新鲜的无花果。

让普罗旺斯声名在外的就是这样的一顿饭。我想人们旅行至普

罗旺斯,愿意在这儿租个房子,甚至买个房子搬过来的原因正是在于他们想享受普罗旺斯的餐桌生活。由简单新鲜的应季食品和本地葡萄酒组成漫长的聚餐。温暖季节在西克莫无花果树或桑树的凉爽树荫下,寒冷季节在舒适炉火前,我们品尝着美食,这就是有品质生活的精髓。

这样就开始了我们回到普罗旺斯后的第一个夏天。我得开始学习像一个度假者那样生活。由于不用每天重复放羊和养猪的繁复劳动,填满我的生活的将会是食物和烹饪、与家人和朋友享受漫长的聚餐以及探索将成为我余下生命一部分的这个世界。

我们搬进了回加州之前买的房子。它已经被重新刷上了灰泥和漆,但还没有室内抽水马桶和电气设备。我们从旁边的玛丽和马索家拉过来一根电线,从井里提上来水,又在屋外建了个厕所。我打开了从加州带来的装着碟子、锅、书本、玩具和相册的箱子。这些都是我们第一次搬到普罗旺斯时收集的,离开时又打包带走了。我把吃的塞满了食品储藏室。我在普罗旺斯的生活又开始了,这一次是在享受一个漫长的暑假。

同其他人一样,我们的社交生活也都是围绕着食物的。我们慢慢品尝午餐和晚餐,在露天集市上与朋友们见面,喝杯咖啡或者喝杯开胃酒,把野餐带到沙滩上或者湖边,参加餐厅和社区的宴会。我们让自己沉浸在普罗旺斯的美味——橄榄油、野生草本植物、鱼、番茄、茄子、美洲南瓜、烤羊肉和烤香肠、新鲜奶酪以及各种水果中。

在我的记忆中,我几乎每天都会有一部分时间和邻居玛丽、乔琪特、帕斯卡或者弗朗索瓦一起烹调食物。我们都住在同一条路上。

那是小山谷里一条狭窄的、弯弯曲曲的小径。山谷里没有围墙，葡萄园、稻田、西瓜田、果园和橄榄树林，一切都依据自然本身划分。我们的生活只受自然节奏和餐桌的支配。对于我们来说，从马索和玛丽的树上摘下樱桃和桃子，帮助弗朗索瓦制作番茄酱（为她的孩子和孙子们准备的），和乔琪特、丹尼斯一起烤肉，或者和帕斯卡一起制作精美的菜肴（例如酿馅小牛胸口）。这些都是很自然的事情。

玛丽和我住的地方只隔了一个楼梯间，我们整天都能看到对方。我和唐纳德有时候会帮着她和马索干农活，像是修剪西瓜藤、挖土豆或是把番茄植物系住。这些年来，我学到的种植和烹饪的知识大部分都来自我的邻居，特别是玛丽和马索。第一次教我是在我们过暑假的那几年，然后便是我不断回来的这几年。我们经常一起烹饪用餐，玛丽总是会向我展示一些东西或者教我点儿什么。

回去的第一个夏天，我认识了渔夫。

他在每周星期四的十一点半左右到来，开着一辆小小的灰蓝色雪铁龙。当他停在农舍前时，他会按响车喇叭，我和玛丽就跑下楼，或从田地里跑来迎接他，从他那里买点儿东西。

玛丽不停地对我说，她想买点儿沙丁鱼，在我的壁炉上做一道菜。在第三周的时候，渔夫真的带来了沙丁鱼。听到渔夫的喇叭声，我从番茄园赶过来，正好遇到了从前门跑出来的玛丽。渔夫打开滑动门，向我们展示铺着冰块的架子上放着的各种类型的鱼，有漂亮而昂贵的剑鱼和海鲈鱼，有价钱中等的沙丁鱼和凤尾鱼，还有各种各样的去骨鱼肉片。

20世纪70年代或者更晚些，在普罗旺斯的内地乡村，卖鱼、

肉和干货的小商贩经常像我们认识的渔夫一样，在路上定期往返，将他们的产品带到散布于乡村大地上的农场里。他们来的时间是这样的：面包师每天清晨都会出现；屠夫是星期天；渔夫是星期二；装着干货的车每月来一次。他们还会在特定的日子一起到来，组成露天集市——星期三在欧普斯，星期六在巴若尔，星期天在塞莱纳。那时，大型的超市对城市来说，还是个很遥远的概念，为中等村庄服务的英特市场和**卡西诺**零售市场也还没有建立起来。大部分村庄只有一两个杂货店。有些村庄因为太小，甚至没有每周集市，除了能自己出产的水果、蔬菜、橄榄油和葡萄酒，其他的物品就只能指望那些旅行推销商了。

卡西诺：法国的卡西诺集团，Casino。

和我的邻居一样，乡村居民都有自己的蔬菜园，每年每天都在生产蔬菜。另外，果树林、橄榄树林和葡萄藤则补充了旅行推销商和杂货店不能提供的东西。橄榄成熟后，会被送到某个橄榄油制造场榨油。农夫们会留一部分橄榄油作为帮忙榨油的报酬，剩下的全都自己拿走。如果有多余的，他们才会让制造厂出售，从卖掉的那部分橄榄油里拿到自己的一部分钱。葡萄也一样，被送到合作的酿制酒厂里，酿成酒后，每个农夫都会带回一部分葡萄酒自己使用，剩下的留给酿酒厂出售，然后再自己拿回一部分收益。还有些农民，包括玛丽和马索，会自己饲养兔子、猪和其他家禽家畜，因此除了牛肉、海产品、面包和干货，他们都能自给自足。

"这些都是新鲜的吗?"玛丽问渔夫,"你知道如果不新鲜的话,马索是不会吃的。"

"我的美人啊,绝对好吃!我是今天早上抓到它们的。你看,这可是附近最新鲜的鱼。看它们的眼睛!还是那么锐利,明亮又清澈。绝对是新鲜鱼的标志。"

玛丽笑了。她总是很享受同村外来的人交谈的机会,并尽可能地把对话的时间拉长。她喜欢交流,在她和马索买下自己的土地,开始在本地集市上贩卖自己的西瓜之前,肯定觉得生活很孤独。我也是。我也喜欢同小商贩们交谈,也喜欢成为另外一种文化的日常生活的一部分。我知道,几个月后我又将回到课堂上,教授高中生历史和英语,吃速食奶酪三明治,以及在我三十分钟的午餐时间里为试卷评分。我沉浸在奢华的法国生活里。说它奢华,不是物质上获得了享受,而是在体味与土地、邻居之间的关系中,获得了精神享受。这是我在加州时绝对体会不到的。

我付了沙丁鱼的钱,鱼贩把它们放到了一个棕色的纸袋子里,还送给我几个柠檬。玛丽把鱼和柠檬拿上楼放在冰箱里。我们一致决定,晚上七点左右点燃炉火烹饪它。

"我会带来木材和一些葡萄藤枝,还有一个烤架,"她说,"鱼已经洗干净了。我们要做的就是往鱼身上涂橄榄油、盐、辣椒粉和一些百里香。这花不了多少时间。"

// 02 //
壁炉沙丁鱼聚会

第一次在自己的壁炉上做饭，我很兴奋。旺盛的炉火优雅地在厨房的灰泥墙壁上雕刻着花纹。奥利弗笔直地站立在壁炉边上。那个时候，他最多只有四岁。壁炉边凸出的砖块一直伸到了地板的赤陶砖上。壁炉很高，踮起脚尖时，能够看到台面上光滑的深红瓷砖在闪闪发光；壁炉台很宽，伸开手臂也触碰不到台面的最远端。买下这个房子的时候，我就曾经想象过，在这个壁炉上做饭会是怎样的情景。有些甜点不用烤炉也可以做出来，油炸圈饼就是其中之一。那天下午，我为晚上的大餐制作了油炸圈饼作为甜点，埃塞尔也帮了不少忙。前几个夏天，我们只有一个双口的丙烷灶面，我把它放在一个用石头和瓷砖搭成的齐腰高的木炭灶台上。在老式的普罗旺斯厨房里烹饪时，木炭灶台和壁炉一样重要，在这个灶台上，我曾用文火煨出过野公猪肉、兔子肉、羊肉和鸡肉。我从壁炉里拿出几块煤炭，放在了木炭灶台方孔下的瓷砖台子上。木炭灶台可以通过控制煤炭的数量提高温度进行快速烹饪，例如煎和炒。

后来在修缮房子时，我们把木炭灶台拆除了，在墙壁上新涂了一层灰泥。墙面变得很平整，除了在我的记忆中和一些相片中，墙面已经没有了任何过去的痕迹。然而,在那几个夏天里,木炭灶台却是我们所有的餐会中必不可少的一部分,因为那小小的灶台承载着我和朋友一起烹饪的回忆。

我经常会在夏天制作油炸圈饼,参考的是一本灰皮烹调书里的食谱。这本书是我们第一次从加州搬到法国时带过来的,有一千多页,是一个朋友送给我的十岁生日礼物。我妈妈把它丢到了一边,说这本书风格成熟,不太适合小女孩,但这恰恰是我喜欢它的原因。我现在仍然保存着这本书,不过书的封面早就脱落了,书页也磨损了,还染上了污渍。它是我终身的朋友,陪着我两次跨越大西洋,经历多次搬家。现在,它还搁在我加州厨房的架子上,我会经常翻看我最喜欢的巧克力小方饼的食谱,或者制作新鲜的草莓派时,匆匆地浏览一下步骤。

我用这本书教会了埃塞尔制作发酵的油炸圈饼。这是我小时候最喜欢的一道甜点。那天,埃塞尔在一张木搁板桌子上揉搓面团,然后我们往一只碗中涂满猪油。那是玛丽在去年冬天宰完的猪身上提取的地道的猪油。我们把面团放进碗中,盖上一块布,放在红瓷砖窗台上发酵。发酵完后,我们把它拿出来放在撒了面粉的桌子上,再用玻璃杯的杯口压出许多面团圈。有时候为了好玩,我们也会用刀把面团切成不规则形状和大小不一的方形。

埃塞尔那时候和我第一次做油炸圈饼时差不多大。她特别喜欢油炸这一步。我们在荷兰铸铁炉子上加热了好几块白色的猪油,那个荷兰炉子是从我外婆那里传下来的,跟随着我们先到德克萨斯,再到加州,然后又来到法国。猪油加热后,埃塞尔站在一个小板凳上,把切成圈的面团扔了进去。"小心。"我说。我正站在她后面,

想让她自己做，又害怕她被滚热的油溅到。

"我可以做到的。不会被烫伤的。"

"现在，让我把它们翻一个面。"

"好，但是把它们捞出来的任务交给我。"

我把油炸圈饼翻了一面，当另一面也变成棕色时，埃塞尔把它们捞出来放在盘子上，盘子上铺着吸油纸。当所有的油炸圈饼都炸好后，我们把还温热的圈饼放进了一个干净的纸袋子里，和着糖一起摇晃。然后叫奥利弗和唐纳德进厨房品尝。

按照约定的时间，玛丽在快七点的时候到了。油炸圈饼已经包好了，等待上桌。我已经布置好了餐桌，放上了茴香酒、水和橄榄。我希望和玛丽在壁炉前烹饪时，可以不被其他事情打扰到。

"我爱火。"玛丽说。这时，她正小心翼翼地把小树枝塞到壁炉不停燃烧的火焰中，然后又往里塞了更大块的橡木枝。最底层的小树枝燃烧了起来。

"它会把你当作朋友。如果你小心地照看它，它也会用温暖和友谊回报你。"

玛丽和马索没有壁炉，我怀疑在我们买下这个农舍之前，他们就用我们现在的这个壁炉做饭，然后再把菜端到楼上的厨房。今晚，我们将会在壁炉前吃饭。六月份的天气还很凉爽，炉火很暖和。

我有一瓶茴香酒，玛丽带来了一瓶薄荷水。我们一边聊着天，一边看着燃烧的橡木枝，不停地拨动调整着炉火，直到整理出一小块空间放置热煤块。我们把葡萄藤枝扔进去，它们短暂地燃烧了一会儿，化成了火焰。这时，空气里充满了葡萄藤枝的香味。现在是时候把烤肉架放在我们先前堆好的砖块上了。每个人都坐在桌边。

唐纳德和马索正在享用罐头肉酱和橄榄，奥利弗、埃塞尔和玛丽的女儿艾琳则在一旁喝着糖浆饮料，吃着花生。玛丽和马索的儿子弗洛亨特已经十四岁了，正在学习英语，他努力对埃塞尔和奥利弗挤出像"feesh"和"waater"这样发音的英语单词。他们异常兴奋地嘲笑着他的发音，尝试着让他说出正确的"fish"和"water"。

我和玛丽蹲在火边做菜。我们把在橄榄油卤汁里浸泡着的滑滑的沙丁鱼挪到烤架上，鱼身的一边立刻"嘶嘶"地变成了金黄色，它们的眼睛也失去了光彩。然后我们就可以将它们翻个面。鱼是分批烤的，先烤一批鱼，装进浅口盘里，坐下来吃完后再烤下一批。最开始，我还会在盘子里小心翼翼地把鱼切开去掉鱼刺再吃，直到马索说："拿起来吃吧，像这样。"他两只手拿起来一条鱼，像剥玉米一样，除了头和鱼骨都吃掉了。

"对，就像这样。"他说。他扔掉了鱼骨，又拿起来一条鱼，这次，吃之前还往鱼身上挤了一点儿柠檬汁。那之后，我看到过许多次这样的传统吃法，最为印象深刻的是在村里的沙丁鱼宴上看到的：上百人坐在同一张桌子上，享用着刚从烤架上拿下来的整条鱼。他们一边喝着葡萄酒，一边交流着。

沙丁鱼养殖是地中海渔业中最重要的产业之一。它是一种很容易适应环境的小鱼，价钱不贵，产量大，用途也广。普罗旺斯人创造了各种吃法，除了我最喜欢的烤沙丁鱼以外，它们同样也可用于制作普罗旺斯鱼汤和其他汤菜。有时候，它们会被去掉骨头，塞入珠蚌，做成鱼肉饺子，也可以用菠菜和欧芹包着吃，还可以同蔬菜混合在一起放进模型，搅拌成罐头肉酱，在金属的馅饼圆模里做成馅饼。另外，把它们用白葡萄酒或者红葡萄酒调味后，可以煮，可

以烤，也可以炸。

我们学着马索那样很快吃完了鱼肉，只剩下了鱼头、鱼尾和鱼骨头，这种吃法很像动画片里的猫。孩子们也喜欢抓着鱼吃，而这通常是不被允许的。面包和葡萄酒都很丰富。最终，鱼被吃光了，我们把装了骨头的碟子都收集起来，堆在水槽上。埃塞尔端上来拌了糖的油炸圈饼，同时，马索把他带来的甜得像蜜一样的夏朗德西瓜切成片，分给每个人。炉火渐渐暗淡，最后熄灭了，这时我往白色的小杯子里倒上了浓咖啡。我们都很满足而开心，决定第二天早上再收拾残局。我们关上了厨房的门，爬上各自的床安然入睡了。

包括那个夏天在内的许多个夏天，以及之后的许多年，我烹饪的原材料都来自邻居家的蔬菜园和果园，特别是玛丽和马索家的，而且我还尽可能地用壁炉烹调食物。马索永远都是附近地区最好的蔬菜水果栽培家。即使现在他已经七十多岁了，他种的蔬菜还是多得亲戚和邻居加在一起也吃不完，就算是拿到早市上去卖也不可能卖光。他和玛丽始终如一地赶早市，既是为了社交，也可以增加收入。你总是可以认出他们——没有制作精良的冷藏车、颜色鲜亮的可折叠凉棚和收银机；不管是不是应季，只有装着西瓜、番茄、青豆、芦笋或者桃子的条板箱，还有一个用来装现金的小铁皮箱和一杆秤。

在普罗旺斯的任何集市上，你都可以看到像玛丽和马索一样的人，他们贩卖自家种的水果和蔬菜。他们的一天从清早开始，第一件事是采摘。接下来，把一箱箱的产品和桌子装到小卡车上，有时还会装一把伞，驾车十五到七十公里或者更远，到达集市，搭起小摊。中午，如果一切顺利的话，他们的产品会被卖光，这时收拾东西回家吃午饭，然后再睡上一小觉，起来后开始回田里和果园里工作。

有些集市只对那些完全贩卖自产蔬菜水果的商贩或者有机蔬菜水果的商贩开放。但在大部分市场里，他们还是与其他商贩混在一起。你可以通过他们不起眼的货摊辨认出来他们，像玛丽和马索那样。人工培植蔬菜水果的商贩只出售自己种植的产品，所以，大部分产品的形状、大小和颜色都有很大不同，只要产品成熟了，他们就会拿到市场上来贩卖。而那些销售商则会精心设计他们摆设的架子。像是灯饰、宽大的凉棚以及一排排摆放的商品就是他们的特征。他们的商品大部分不是本地产，销售商从大的农业生产基地或中间商那儿购买产品，根据大小和颜色分类，然后才会包装和运输到集市。

马索的番茄最初是他的叔叔从意大利带回来的种子，种子经过马索多年的栽培，长成了现在的品种。他的番茄大而圆，底部很宽，底部的凹槽向上延伸一直到尖尖的顶点处。中部是深红色的，往下逐渐变成了绿色。荷兰和西班牙的大型生产基地生产的是完全标准化的番茄，整齐地包装好后，一排一排地列在特别订制的纸板箱里。同它们相比，马索的番茄堆在回收利用的木制条板箱里，看上去就像是完全不同种类的蔬菜。然而，他一到市场，了解他的番茄味道的顾客就会排队等着购买。他卖的西瓜、芦笋或者其他东西也是这样。

我第一次见到玛丽和马索，他们就让我从他们家的蔬菜园里随便采摘需要的东西，我照做了。那简直是太奢华的享受了！在那些同孩子们一起度过的初夏日子里，园艺和自家种的蔬菜对于我来说很新鲜。我沉迷于采摘闪闪发光的紫色茄子、完全成熟的番茄、深绿色的美洲南瓜和长长甜甜的红辣椒,然后再用这些蔬菜制作玛丽教给我的蔬菜烩菜。在她的指导下,我把马索的番茄加入浓浓的调料汁中,再添上大蒜、洋葱和**罗勒属植物**,制作出了一种浓汤。马索用森林里捡来的树枝做了一顶圆锥形帐篷,青豆的藤攀上了帐篷,结出来的豆荚又长又肥。这是我吃过的最美味的青豆。这些也是由意大利带过来的种子长成的。每年,马索都会像保存番茄和西瓜种子那样保存青豆的种子。七月,我和唐纳德经常帮着挖土豆,一两天就能全部处理完。我们把挖出来的土豆同洋葱和大蒜一起储存在玛丽和马索的地窖里。当然,这些我也可以自己取用。

土豆炖青豆是我喜爱的一道夏日美食,炖到青豆都裂开了,入口即化。再加上盐、辣椒粉和风轮菜——高地里生长的一种野生开胃菜。随着季节的变换,我们享用马索家不同的水果。首先是六月上旬的樱桃,接着是杏、桃子、梅子和西瓜,在八月下旬返回加州之前是无花果。

回到普罗旺斯的第一个夏天,玛丽还教会了我制作她最喜欢的几道菜,包括蔬菜卷。现在我把这道菜教给了烹饪学校的学生们。我首先带着他们在露天集市上同玛丽和马索见面,买回了我们需要的蔬菜。

罗勒属植物:叶香如薄荷,用于调味。

马索来自尼斯，蔬菜卷是那里的夏季特色菜，虽然这道菜在普罗旺斯也随处可见。玛丽从马索的阿姨那儿学会了这道菜，然后把做法教给了我。她首先从小茄子里舀出部分茄肉，又拿出了圆圆的美洲南瓜、甜椒和番茄，她细心地把茄肉和美洲南瓜切碎，除掉番茄籽后，把番茄也剁碎。把这些都放到一个碗里，同香肠和浸泡过牛奶的新鲜棍式面包混合在一起，然后将剁得很碎的大蒜、欧芹、百里香、盐和辣椒粉放入混合物中调味，再把一到两个搅拌后的鸡蛋放入其中，最后把混合物堆在蔬菜叶片上。

玛丽解释说，现在她是用烤箱制作蔬菜卷，在有烤箱以前，她用的是炉子。

"有时候我还是会用那种方法，因为外壳会更脆一点儿。"她这么跟我说。这时，她正把薄薄的一层橄榄油倒在一口大煎锅的锅底上。然后她把塞满了各种食材的蔬菜叶片放到油中，叶片朝上，小心地煎了有十分钟左右。"看，这个是阿姨的绝招。"稍稍借助了手指的帮助，她用抹刀将蔬菜卷翻了个面。然后小心地煎着锅里的蔬菜卷，直到食材都变成了棕色。这些步骤都是我从未想到过的。她又把它们翻了个面，然后盖上了锅盖，又等了二十分钟。首先煎好的番茄被捞出了锅。

蔬菜卷成为我们家的一道夏日标准菜。我们有时会在午餐和晚餐时趁热吃，有时将它们打包，作为野餐在坎松、博都恩或者伊斯拜亨的湖边享用——几乎是每天。因为我们在完成农活或者从集市回来后都会跑到湖里游泳。

我们经常和阿德勒、帕斯卡一起制作家庭简餐。帕斯卡负责烹调主菜，而我则负责头盘的部分，像是蔬菜卷。

帕斯卡和阿德勒不过二十出头，还是大学生，这次他们在帕斯卡父亲的度假屋里消夏。房子就在我们屋前那条路的另一头。帕斯卡喜欢品尝美食和烹饪，这点很像他的父亲。许多年来，我们一起合作过很多次，像是我把他从河里捞上来的鱼填满食材，他用我从山上带回来的野生蘑菇制作鲜美的黑调味汁，或者我们一起用马索蔬菜园里的菜，制作菠菜或茴香奶油烤菜。

水为普罗旺斯漫长而炎热的夏季勾勒出轮廓。我的脑海中浮现，我们曾经畅游嬉戏过的河流和湖泊，每一个地点都与食物紧密地联系在一起。

我们的夏季是在大普罗旺斯的一个相对较小的地方度过的。内陆水域基本上都是凡尔东河的分支。凡尔东河源自临海的阿尔卑斯山脉，流向西南，首先穿越了一条风景如画的深峡谷——凡尔东峡谷，然后流经瓦尔省，最后与朵昂思河汇合。在20世纪70年代早期，凡尔东河边建造了许多水坝来提供灌溉用水、饮用水以及水力发电。

坎松湖离我们家最近，走十分钟就到了。这个湖在凡尔东河流域里不过是稍宽的一片水域。1975年，凡尔东河边建起了一系列水坝，河水涌入了一条深而窄的峡谷，并且淹没了一部分坎松平原。坎松新出现的"湖滨"岸上点缀着柳树和野草，还能看到一家小农舍的遗迹。我们尝试着在某棵树下找到了一块阴凉地，铺开草席，打开铝质沙滩椅，然后把野餐篮挂在树枝上。

我们的野餐很简单——橄榄、新鲜的棍式面包、"小笑牛"奶酪（奥利弗最喜欢吃的）、卡门贝乳酪、火腿片、巧克力和一些水果。我为埃塞尔和奥利弗带了水和法奇那橘汁气泡饮料，而我和唐纳德喝红葡萄酒。有时候，我会用一点儿红洋葱和一块味道浓厚的大蒜醋油沙司搅拌成沙拉。再把面包片蘸到沙拉汁里，然后放上奶酪和火腿，这样就做成了三明治。盘子最后会用面包擦干净，然后包起来放回篮子，带回家后再清洗就方便多了。

在坎松湖边，总少不了拜访对岸湖边的咖啡馆。回家之前，我们会走到马路上，过桥，去对岸的咖啡馆。咖啡馆的露台上种了一排桑树，面朝湖水，我们会找一个桑叶浓重的树荫入座。马路把吧台、咖啡馆的内部装饰同露台隔开了，服务生要穿过马路来到露台记下我们要的饮料。我和唐纳德会点浓咖啡，然后我们中的一个陪着埃塞尔和奥利弗穿过马路，从咖啡馆大大的冷藏箱里，挑选冰激凌。

有那么一两次，我们在夏夜里回到咖啡馆享用薄而脆的比萨。比萨上加了自家做的番茄汁、橄榄、奶酪、凤尾鱼或者蘑菇，然后放进用木头作燃料的烤箱里烘烤。夜晚的湖边很美，如果月亮露面了，湖面便会笼上一层暗灰的银光；如果没有月亮的身影，湖面则如墨汁一般漆黑。我们喝咖啡和吃冰激凌的时候，铁皮桌上还是光秃秃的，而此时，上面铺好了红白格棉布桌布，还盖了一层白色的厚而不透水的纸。挂在树上的小彩灯已经开始闪闪发光了。我们点了一杯玫瑰红葡萄酒，为埃塞尔和奥利弗点了法奇那橘汁气泡饮料，然后开始分享比萨。

// 03 //
瑞拉斯大教堂酒店

我们最喜欢的用餐地点是瑞拉斯大教堂酒店,顺着咖啡馆前的道路往下走就到了。它在一个拐弯处,正好是道路开始往里埃茨高原爬升的地方。在那里看不到湖水,只能看到湖边的小麦田和大麦田,但在餐厅的露台上,还是能够闻到湖水的气息,感觉到湖的存在。

瑞拉斯大教堂酒店由老板和他的女儿一家两代人经营,女儿又生下了第三代人。年幼的孩子们会在餐厅边上或者露台的角落里玩耍。就像咖啡馆一样,瑞拉斯大教堂酒店也被道路分成了两部分:一边是露台,悬铃木为上面摆放的桌子带去了阴凉;另一边是酒店和餐厅,还有老式的建筑和花园。

布鲁诺家曾告诉过我们许多东西,这家餐厅就是其中之一。

"你必须去那里,"布鲁诺先生坚持说,"他们做的普罗旺斯菜很完美,都是那家人自己做的,非常地道。老板迪先生和他的妻子——现在已经去世了——一战后买下了那个餐厅。他在那场战争中受伤了,现在脚还是跛的。那时,汽车还没出现,或者还是个新奇玩意。记住,直到20世纪50年代,内陆有些地方甚至还没有通车的道路。"

"酒店,"布鲁诺先生继续说,"也是公用马车的一个停靠站,那时候马车是这一带主要的交通工具。你有没有看过尚·芝奴的书?他生活在马诺思克。他的书里描写了,过去普罗旺斯高地、村庄,以及与世隔绝的农场里的生活,一直写到了他去世的前几年。那些书会让你领略到马车时代的生活,特别是那本《收获》。"

我写下备忘录,提醒自己买那本书,最终我也买到了。对于我来说,芝奴的书加强了我对这片土地的历史感的认识,我很喜欢那本书。那本书描述了19世纪初期人们在普罗旺斯高地的生活,书中若隐若现的画面丰富了眼前的这片景观,给予了它历史的深度和内涵。瑞拉斯大教堂饭店,以及像它一样坐落道路边上跨越了世纪的饭店,又一次被我添上了马匹、马车和来自《收获》里的人物。

"现在,如果你到了大教堂饭店,你会注意到在道路一侧有一个非常高大宽敞的车库。那是为马车和马匹准备的。啊,跑题了,我们现在在谈论的是食物。他们自己腌制火腿,自己制作罐头肉酱和皱胃,甚至自己做白葡萄酒煨羊蹄、羊肚卷。他们自己有个很大的菜园,每天都从里面选取食材。如果你想吃新鲜的鱼,那么在后面也有一个鳟鱼池,用的水是凡尔东河的。你在其他地方不会找到比他家更加美味、更加新鲜的食物。"

我们必须尝试一下。

第一次进入餐厅时,我从某种程度上觉得有点害怕。它比我们去过的任何餐厅都要正式,非常非常安静。六月的夜晚凉意阵阵,虽然有许多人在露台上吃着开胃菜,正餐还是会在室内进行。进入餐厅后,我们发现自己仿佛置身于一个剧场休息室,一边是用整块

木头和锌做成的柜台,另一边是一排盆栽植物。盆栽植物后方是餐桌,上面铺着厚厚的亮银色淀粉白餐布,桃红色的缎子落地窗帘用金色的粗绳子收拢着,贴在桃红色的墙纸上,烘托着整个气氛。墙上挂的是镀了金边的油画。大部分桌子都有人在用餐。

"晚上好。"一个年轻女人迎接了我们,她简单地穿着米黄色短裙和白色短衫。"请问是用晚餐吗?"她看着埃塞尔和奥利弗,微笑着问。"是的。"唐纳德回答。我认出了这个女人,她就是那些从花园里出来,顺着马路走的女人中的一个。

我有点儿焦虑,因为我们将不可避免地在这个安静的用餐环境中坐上至少一个半小时,我无法确定孩子们是否能始终保持餐桌礼仪。我很高兴我们坐在了接近餐厅后部的窗边,这样孩子们就不会打扰到其他人。奥利弗带了他那时最喜欢的特种部队模型玩具,而埃塞尔则带着一个芭比娃娃和几套娃娃的服装,以及一本《少女侦探南希探案》的口袋书。在这样一个别致的餐厅里进餐,他们充满了新奇感,并且对于一些用餐者带的狗尤为感兴趣。那些狗有的趴在椅子上,有的蜷缩在主人的脚边。

我们俩点了茴香酒,给埃塞尔和奥利弗点了石榴柠檬汁,然后开始浏览菜单。突然,在靠近我们的地方,一扇门被推开了,出现了一个高个驼背的男人。他穿着一条棕色的长裤和一件褐紫红色毛线背心,一只手上提着一条火腿上的精华部分,另一只手提着一篮子蔬菜,双臂下各夹着一瓶葡萄酒。他穿过了餐厅。看到他,我很激动,因为布鲁诺先生向我们谈起过他。那时,我赋予这个老男人一段浪漫的过去,我觉得他是这片土地上美食和历史的一部分。

"看,"我轻声说,"他肯定是餐厅老板,布鲁诺先生向我们说起过的那个外祖父。"我们看着他走过去,步伐缓慢而谨慎,双眼直视前方。他的鼻子很大,银色的头发很浓密。"记得吗,布鲁诺先生告诉过我们他们自己腌火腿。"在他穿过几扇回转门时,我们匆匆看了一眼厨房。

在过去,作为公共马车驿站的小旅馆基本上都是自给自足,它们不仅为旅客,还为动物,种植和提供食物。旅馆大小各异,最大的旅馆里面有三个小客房,能容纳最多二十个人和两千多磅重的行李。虽然坎松很小,世纪之交时也不过几百人,但是却是很重要的一站,因为它连接着迪尼海岸、阿尔卑斯高山河谷、朵昂思西部马诺思克,以及福尔卡基耶内陆地区。

小旅馆由拥有者们一代代传承下来,通常与各种大农场为邻,因此小旅馆的饭菜与那些本地农家饭菜相同。他们用自己养的猪制成猪肉食品;自家饲养的鸡、兔、羔羊、绵羊和乳鸽为过往旅客们提供新鲜的肉食;他们在附近的森林里,捕食包括飞鸟在内的各种猎物;他们饲养了许多山羊和绵羊,从而获得羊奶和制作奶酪;他们的蔬菜园里,一年四季都生长着蔬菜;他们也经常在野外搜集芦笋、韭葱、蘑菇和蜗牛作为补充食物。

洞穴状的厨房里安装了用木材生火的炉子和烤箱,木炭炉子上面可以放置大而深的锅,用文火慢慢炖肉或者烧开水。橄榄、葡萄酒、橄榄油、土豆、洋葱和坚果被储存在地窖里。腌肉用钩子挂在通风良好的房间里,始终保持着较低的温度。

到20世纪90年代末,欧洲对于食品安全的标准日益严格。在严格的标准执行前,像瑞拉斯大教堂酒店这样的地方还一直遵循着旧日的传统。在后来,他们仍然会提供新鲜的、手工制和应季的美

味食物。秋天，餐厅会取出自家制作的红肠、罐头肉酱和用野公猪肉来焖肉，会采集或者从朋友们那儿买来野生鸡油菌和牛肝菌，和鸡蛋一起炒。冬天，为了制作标准食物松露，他们会出去搜寻或者秘密购买。一月，家猪被屠宰完后，新鲜猪肉和猪血香肠马上就会出现在菜单上。接下来的春天，也会提供应季食物——芦笋、羊肚蕈、羔羊肉、嫩豌豆、蚕豆和洋蓟。

在瑞拉斯大教堂酒店吃的第一餐让我们印象深刻，这不仅是因为它的简单和风味，还因为我们始终对下一道菜充满好奇。虽然上餐很慢，但是埃塞尔和奥利弗在用餐过程中没有抱怨，一直在期待着下一盘端上来的菜。我们点了三份客饭，每份客饭包含三道菜，又为奥利弗点了一份主菜，还要了一瓶红葡萄酒。第一道菜我选择了一盘开胃蔬菜沙拉，埃塞尔和唐纳德要的是猪肉食品，我们打算四个人一起享用。在放着猪肉食品的浅口盘上，加了几勺从罐子里直接舀出来的自制肉酱。肉酱里有少许从法国生熏腿上切下来的肥肉肉片——我确定就是来自刚刚穿过餐厅的那条火腿。还有些同马索家很像的圆形红肠肉和标准香肠，区别于盐腌的法国生熏腿。浅口盘里还有一块黄油、少量青黑色的橄榄和一点儿醋渍小黄瓜。

开胃蔬菜沙拉的分量较小，但是有很多我最喜欢的胡萝卜丝沙拉，还有撒了橄榄油和欧芹的新鲜土豆丝、夏季番茄和黄瓜。番茄上撒了少许大蒜粉，黄瓜只是拌了些盐、辣椒粉和橄榄油。每一种不同的小沙拉都堆放在独立的莴苣叶上，整个盘子都用黑橄榄点缀着。一筐法式棍式面包也被放在了桌子上。

浅口盘上食物的布置实在是太美了，我们简直舍不得动刀叉，但还是把它们吃光了。我们把黄油厚厚地抹在面包上（在法国餐桌上,除了有小萝卜和海盐出现的时候,这是唯一能看到黄油的机会),加上红肠、火腿或者罐头肉酱。这样吃下去的每一口都会让人心满意足。闭上眼睛后,我依然可以回想起第一道菜的味道。

这里的罐头肉酱比玛丽和马索家做的稍微黏稠一点儿。最终,我结识了大教堂饭店的所有者,并且和他们交谈了有关食物的话题。他们告诉我制作罐头肉酱时,用到了臼齿,肝脏的用量比通常的制作方法也要少一点儿,但是加了更多的肉和油脂,最后用他们自己酿的蒸馏葡萄酒调味。只要他们的外祖父还活着,他们就会这么烹饪。他们是拥有法定权利制作蒸馏饮品的最后一代人,像是蒸馏葡萄酒、这种四十度烈酒的制作方法是将葡萄挤压后,以蒸馏法去掉葡萄皮和葡萄籽。

那个晚上,埃塞尔点了新鲜的鳟鱼。她特别喜欢饭店后面一个特制的小池子里游来游去的鳟鱼。奥利弗像平常一样要了牛排和土豆,我和唐纳德点的是当天的特色菜:番茄茄子炖兔肉,和这道菜一起放在盘子里的还有胖胖的炸土豆。埃塞尔的鱼和奥利弗的肉同时端上了桌。我们的兔肉装在一个棕色的两人份陶锅里,肉和骨头都分离了,番茄和茄子用的是大蒜和野生百里香枝做的调味料,味道很浓郁。我们将盘里的东西分成四份,一起享用。我们都承认埃塞尔的鱼做得很精致,奥利弗的牛排汁多味美。

最后吃的是草莓奶油布丁。这是一种法国甜品,是用奶油、新鲜草莓和蛋糕在特制的水果奶油布丁模型里做出来的。这家餐厅为埃塞尔和奥利弗端来一小碟新鲜草莓冰激凌,而我和唐纳德则慢慢喝着浓咖啡,尽可能地享受这顿饭的美好时光。

从那个晚上开始,我们约定,每年夏天都至少要在瑞拉斯大教

堂酒店享用一次午餐或晚餐。后来，即使我们不再是一个完整的家庭，我还保留着这个习惯。

后来，外祖父去世了，他的儿子辈也不在了。现在的瑞拉斯是由孙辈们——丹尼斯和莫尼克——经营的，他们都没有结婚。除了自制的罐头肉酱，他们的猪肉制品是买的。他们还从批发商那里买回野蘑菇、松露和各种野味。虽然菜色变换了，但是每次去瑞拉斯大教堂酒店仍然能感受到和原来一样的家庭风格和口感。

丹尼斯从他的母亲那儿学会了烹饪。我们第一次到那儿时，他的母亲就已经是厨师了。他仍然制作母亲教给他的水果布丁，并根据时令变换原料。秋天时，他用的是栗子，夏天是桃子和浆果，冬天是巧克力。炖兔肉会定期出现，其他传统的菜也是如此，例如蔬菜烩菜。当然还会有一些现代菜色，但现代菜色体现的是方便性，而不是田园生活的节奏感。

曾经为厨房忠心耿耿服务过的蔬菜园被挖掉了，建起了为酒店客人准备的游泳池。最后的几块蔬菜苗床也成为花床，夏天绽放着大丽花，不过鳟鱼池还在那儿。

有几年，我会带着我烹饪学校的学生们去瑞拉斯大教堂酒店。坐在厨房后面那被围墙包围着的玫瑰园里，我们品尝着开胃菜。我指给他们看，花园另一边的柳树下的那个又大又深的水泥池，实际上是鳟鱼池。经常是在我们享用开胃菜时，丹尼斯会从厨房里冒出来，拿着长长的捕鱼网，朝鱼池走去。一会儿的工夫，便舀起来一条肥壮的鳟鱼，然后又走回了厨房。他根据客人下的单进行烹饪，有的要加面粉，有的要加黄油，有的要求用橄榄油炸。

// 04 //
午夜美食记忆

我对于夏日美食最美好的记忆发生在一个小村广场上，当时正是法国革命纪念日的午夜。我们一行人共同享用了一顿午夜美食。其中包括乔安妮和盖尔德，他们在巴黎生活工作，不过经常会回到普罗旺斯的家。是帕斯卡提议了这次冒险之旅。他说在午夜前往恩特卡斯特克，可以品尝到蔬菜蒜泥浓汤，在那里会庆祝 7 月 14 日的法国革命纪念日（Bastille Day）——依据法国臭名昭著的巴士底狱命名。攻占巴士底狱象征着法国封建王朝的结束和法兰西共和国的开始。同美国 7 月 4 日的国庆日一样，在这个日子里会有烟花和各种庆祝仪式，其中大部分都与食物有关。

帕斯卡在恩特卡斯特克有一份做泥瓦砌工的暑期工作。在那里工作时，他结识了小村广场上一家小餐馆的老板。她为法国革命纪念日，准备了一顿特殊的大餐——盛在深不见底的大碗中的蔬菜蒜泥浓汤、葡萄酒和面包。成人每人收取 20 法郎，十二岁以下的儿童每人收取 12.5 法郎。这个主意听上去很有意思，因此我们决定去。我听说过那个小村庄，虽然离我们这儿只有二十分钟的路程，但我还从未去过。

九点钟我们到达时，天空中还有微光，小村中心的古堡在花园里投下了淡紫色的影子。古堡花园是由勒诺特设计的，他是有名的"法兰西园艺之王"。这座花园仿效了凡尔赛花园的风格。它建成于11世纪，又于16世纪重建。古堡里面曾经住过许多位贵族，其中有些人的生命结局很凄惨。法国大革命期间，人们从某个家族手里夺走了这座古堡，不过最终又还给了他们。直到1949年，古堡成为市政府的财产，被列为普罗旺斯古堡建筑中最为重要的遗产。古堡和花园已经完全复原，它们为焰火和庆祝宴会制造了梦幻般的背景。

我们刚到达广场，帕斯卡就赶去见他的朋友艾尼克了。他请求她保留餐馆前面的一张长桌的座位。那张桌子上铺着厚厚的不透水的纸，采用的是社区宴会的标准餐桌布置方法，桌上放着几瓶花和法国小旗子作为装饰，没有贴标签的红葡萄酒和玫瑰葡萄酒也摆在了桌上。虽然至少要一个小时后才能上汤，但勺子和碗已经为每个人摆好了。帕斯卡回来后，告诉我们，艾尼克和她的帮手们忙昏头了，竟然没有准备盛汤时要用到的耐高温的砂锅。他在两张纸上写上了"8人"，然后压在了其中一张桌子中间的葡萄酒瓶瓶底。人们都脱下毛衣或者外套挂在椅子后背上或者放在椅子上，示意某些座位已经有人了。我们也用衣服标记出了我们的八张座位，然后开始在这个小村庄漫步。

在广场周围的西克莫无花果树上，有无数彩色小灯闪烁着，我们已经能听到窄窄的街道上焰火的声音，那声音和知了的噪鸣共同争夺着人们的注意力。回到餐馆，桌子旁已经坐满了人。孩子们在广场上跑闹着，等上菜后，才同他们的家人一起坐在桌边，埃塞尔和奥利弗也在广场边缘闲逛，在黑暗中观察着其他孩子们。

那个夜晚很温暖，只有阵阵轻柔的微风。女人们穿着系细腰带的裙子，展现着最近日晒的成果；男人们则穿着宽松的短袖衬衫或者T恤，还有些人穿的是白色棉质无袖衫——马龙·白兰度曾经在《欲望号街车》里穿过，不过我叫它白色内衣衬衫。我们后面的大卵石街道还散发着热气，因此不会有人需要为了以防万一带来的毛衣或者外套。

第一批盛满汤的大碗从厨房里端出来了，它们被沿着每张桌子摆在了中间。这时人们开始欢呼，拿着玻璃酒杯互相敬酒祝贺。

"法兰西万岁！蔬菜蒜泥浓汤万岁！"《马赛曲》——法国的国歌，从大喇叭汹涌而出，嘹亮的歌声爬上了旁边市镇厅的屋顶，每个人都在大声歌唱，碰杯敬酒，随着激情澎湃的音乐恣意舞动。我不知道歌词，当然也不会唱，但是我发现自己完全沉浸在与桌上每个人的敬酒祝贺中。我发誓我要学会它，至少下次可以假装在歌唱。我的酒杯尽可能地与来自各个方向的酒杯互相碰撞。歌声结束时，所有的桌子都已经端上了蔬菜蒜泥浓汤，人们都坐了下来，在小村赞助的焰火背景下慢慢享用浓汤。

帕斯卡为我们浅浅的汤碗里都盛满了汤，每一勺浓汤都让我们笼罩在大蒜和罗勒的香味中。他递给我汤碗时，我可以看到在几乎奶油般黏稠的汤底下，有丰满的蚕豆和美洲南瓜，亮绿色的蔬菜蒜泥浓汤酱在汤面上浮动着，那是夏天的味道。我们把面包蘸到汤里，整碗整碗地喝着，然后又去盛下一碗。

上汤之前加入的蔬菜蒜泥浓汤酱类似于意大利的香蒜酱。这一普罗旺斯烹饪目录上的美食来自尼斯（直到1860年才归属法国）。人们普遍认为香蒜酱源自意大利的里圭利安海岸。它就在尼斯东面。

但是传遍了普罗旺斯的尼斯香辣酱里没有松仁。松仁被认为是意大利香蒜酱中最基本的原料,但在经典的普罗旺斯蔬菜蒜泥浓汤酱里却是一种令人厌恶的东西。一般说来,制作这种酱时,首先将海盐和大蒜在研钵里捣成糊状,然后加进去一把罗勒叶,再次研磨,之后加入橄榄油和足够的格鲁耶尔干酪(瑞士产)或帕尔马干酪,或者两种都加进去,这样就做成了浓浓的酱汁,最后再加入一点儿清汤使其变稀。有些做法会加入一个小番茄的果肉,我还曾经读到过不用大蒜的食谱,这对我来说是难以想象的。

汤本身是素的。原料有多种蔬菜,但最基本的还是新鲜带壳的白豆或红豆,这些只有夏天或者初秋才有。豆粒藏在豆荚里,白豆粒的外面是浅黄色的豆荚,豆粒本身是象牙白色。红豆是浅褐色的,上面有褐紫红色的斑纹,它们的豆荚是夹杂着白点的亮洋红色。

干劲十足的市场商贩吆喝着:"豆角!做最好的蔬菜蒜泥浓汤用的豆角!这儿,这儿有好豆角。"根据我的经验,蔬菜蒜泥浓汤总是会用到青豆,有时是薄而细嫩的扁豆,有时是长而扁平的豌豆,或者有时两种都会用到。最基本的蔬菜有美洲南瓜、胡萝卜、洋葱、韭葱、土豆,有时候有芜菁,有时候有番茄,还要放海盐和辣椒粉,也许还会放面团。所有这些混合成了汤的原料。蔬菜是按顺序下锅的,最先放豆角和洋葱,把它们放入一大锅沸水里煨大概二十分钟。接下来是其他被剁碎了的或者切成方块的蔬菜,加入百里香枝后,再煨十五分钟。最后,等蔬菜变软了,再加入一把面团,像是切断的意大利面或者通心粉。面团变软失去韧性后,放入蔬菜蒜泥浓汤酱。上汤时,还要端上剩余的蔬菜蒜泥浓汤酱和磨碎的干酪。

在恩特卡斯特克的那个晚上,我们的肚子里填满了蔬菜蒜泥浓汤。只要公共用碗空了，就会出现一个端着满碗汤的服务生。满满的葡萄酒总是会取代空酒瓶，面包筐也从不会见底。就这样一碗一碗地继续着，直至深夜。午夜过后，苹果馅饼还没上桌，奥利弗就已经睡着了，他的头枕在我的膝盖上。这时已经有了阵阵寒意，完全可以穿上我带来的毛衣，知了在这个寒意袭来的深夜，也有点儿坚持不住了。十几岁的少年们占领了大卵石街道，开始放起了焰火，大人们则开始往家走了。

蔬菜蒜泥浓汤

马赛的朋友安妮教给了我下面这道典型的夏日、初秋普罗旺斯汤。这道汤特别浓稠,以至于木勺几乎都能立在汤中。汤的原料有新鲜的豆角和其他蔬菜,端上桌以前,会加入蔬菜蒜泥浓汤酱,即大蒜泥、罗勒和橄榄油做成的泥。

食材:

青豆和其他新鲜豆粒(红豆、酸梅豆或者白豆)

胡萝卜、土豆、美洲南瓜、洋葱

意大利面

香料:粗海盐、胡椒粉、大蒜、罗勒、橄榄油、百里香、月桂叶

做法:

一、煨汤

1. 将一根胡萝卜、三颗小土豆、两个美洲南瓜、一个洋葱切块
2. 在汤锅中倒入 2 升水,加入一茶匙粗海盐,再加入三把青豆、三把其他新鲜豆粒和切块的蔬菜,加入少量百里香和一片月桂叶
3. 将水煮沸后,改用文火煨,直至蔬菜变软,水量减少到原来的 1/3。大约需要 40 分钟

4. 酌量加盐、胡椒粉、罗勒和百里香

5. 将一把意大利面切成小块，加入汤中，继续用文火煨，直到意大利面变软。大约需要10分钟

二、做蒜泥浓汤酱

1. 先将三四瓣粗切开的大蒜放入研钵，加入少量海盐，用杵磨盐和大蒜直至变成糊状

2. 分两次加入罗勒，磨碎，与糊状物混合

3. 慢慢滴入大概 1/3 杯橄榄油，用杵将油揉进糊状物中

三、在煨好的汤中加入蒜泥浓汤酱，搅拌

蔬菜蒜泥浓汤就做好啦！

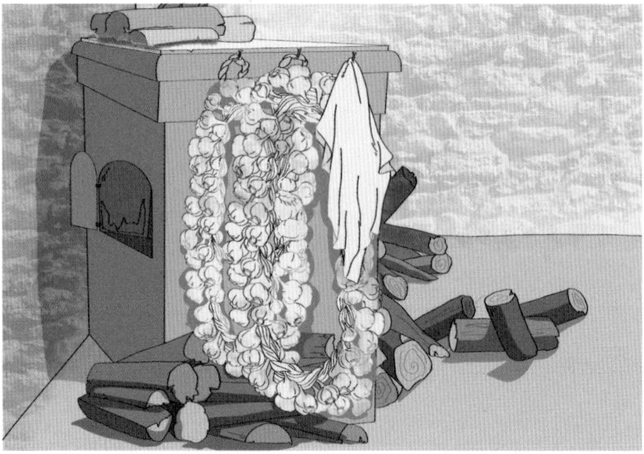

第六章

伟大的蒜泥蛋黄酱之精髓

"普罗旺斯人的厨房里"
"一年四季都能见到大蒜"

// 01 //
大蒜的烹饪艺术

在普罗旺斯的烹饪艺术中,大蒜是十分重要的食材,甚至是不可或缺的。大蒜的味道和用法多种多样到令人惊讶:生吃时,有一股剧烈的辛辣味;烹饪的时间越长,味道就会越温和;在火上慢慢烧烤时,甚至还会变得甘美多汁。普罗旺斯人的厨房里,一年四季都能见到大蒜。它无所不在,用于所有东西的调味——从焖煮到油煎,从沙拉到汤。它还是制作一些普罗旺斯著名美食必不可少的原料,例如蒜泥蛋黄酱、橄榄酱、土豆泥和橄榄油大蒜鳕鱼羹。

但是,还是有一个小问题。前一年的大蒜用完后,需要等一个月的时间,新的大蒜才能上市。对此,人们的解决方法是先买点儿幼蒜,让厨房里的大蒜不会断供。蒜皮潮湿柔软的幼蒜只能储存一个月左右,而纸状外皮的成熟大蒜能储藏数月。为了培育成熟的大蒜,人们会将球茎留在土壤中,令其继续生长一个月左右,直到叶子枯黄凋败,再将球茎拔出来,保存在干燥的地方。

每年大蒜青黄不接的时候,人们都热切地期待着幼蒜上市。就如等待第一根芦笋、第一颗草莓那样热切,因为他们知道,买卖幼蒜的时间很短。五月的一天,小贩们终于运来了几货车的幼蒜,根据品种的不同，有白色的、红色的或紫色的。幼蒜或是用绳子绑成一大捆，或是蒜头松散地穿在一起，茎却是分开的。接连几个星期，露天市场里都是摆放得整整齐齐的带茎的幼蒜，散发着特有的香味。

我经常会一次性买一串，大概有一打蒜头，然后挂在我的厨房里，每次需要的时候就扯下一个。幼蒜的用法和成熟大蒜的用法相同，但幼嫩球茎的味道更加温和，也没有长出的芽，每瓣都是亮白色的，很脆，不像成熟大蒜那样是黄色的。

有一道菜我只会用到幼蒜，不用成熟大蒜，那就是芝麻菜拌皱叶菊苣沙拉。除了醋油沙司、欧芹、橄榄油、海盐和醋之外，我还会在里面加上大量的幼蒜，刚挖出来的幼蒜微微带着泥土的气息，这生机勃勃的气息在制作这道沙拉时，作用独特，是成熟大蒜所无法代替的。

一串幼蒜用到只剩下一两瓣时，差不多也要变软发霉了，此时，新大蒜已经上市了。我会买回家一串，然后挂在炉边的钉子上。我会将大蒜成捆的买回家，因为我喜欢看到成熟大蒜被捆成一捆的样子——一根绳子在大蒜中部把肥肥的棕白色球茎绑在一起，干枯的蒜叶往各个方向弯曲着，就像一大束野花或薰衣草。

新大蒜上市后，就是制作著名的"四十瓣大蒜鸡"的好时候了。在将近两个小时的烤鸡时间里，还保留着外皮的大蒜会软化成糊状物。菜做好后，鸡块会与汤汁及大蒜一起端上桌。幸运的话，用餐者还能从软化后的大蒜瓣里，挤出甘美的糊状物抹到他们的面包上。大蒜的质量越好，糊状物的味道和口感就越好，从而使得这道菜如此的特别。第一次读到这个菜谱时，我无法想象食用一道包含着四十瓣大蒜的菜。1979年，我们修缮完在普罗旺斯的厨房后，我第

一次有了一个标准炉子和一个全尺寸的烤箱，四十瓣大蒜鸡是我在那里最早做的几道菜之一，并且成了我夏日里的最爱。为了做这道菜，我差不多要用四捆大蒜！有一次，我们甚至跑到马赛巨大的大蒜集市上去购买夏季储备。

大蒜在普罗旺斯是如此重要，以至于在马赛每年都会有一个持续一个月的大蒜集市。它的历史可以追溯到15世纪。每年从六月中旬到七月中旬，大蒜商贩们会将货摊摆在贝桑斯大道两侧——一条与老城中心地带的卡奴比埃尔大街相交的街道。在这里，你能找到品种不同的各种大蒜，白色的、红色的和粉色的。大蒜已经完全成熟了，堆成了一大堆，或是拿绳子穿起来，或是捆成无数捆。各地的人们都来市场上购买大蒜。他们要确保，地窖里有足够多的大蒜储备，可以用来制作蒜泥蛋黄酱、土豆泥、蔬菜蒜泥浓汤和四十瓣大蒜鸡，以及用于羊腿调味、烤面包片、焖肉、与洋葱和蔬菜一起煮炒煎炸和制作汤汁。蒜泥蛋黄酱可以称作普罗旺斯最著名的一道大蒜菜肴了，因此以它命名了一套整餐——蒜泥蛋黄酱豪华餐。

蒜泥蛋黄酱豪华餐的重点在于与其同名的调味酱。制作蒜泥蛋黄酱时，往大蒜瓣里加入边缘锋利的粗海盐，然后把它使劲地碾成糊状物，碾碎后的大蒜与鸡蛋黄搅拌，再慢慢地滴入橄榄油，搅拌，直到这一混合物充满着香味及大蒜的辛辣味，变成发亮的金绿色蛋黄酱。普罗旺斯人吃肉、鱼和贝类时会用到这种调味酱，像果酱一样将其用作涂抹食品。蒜泥蛋黄酱豪华餐包括煮熟的蔬菜和鱼，有时候还会有蜗牛，再加上一大碗蒜泥蛋黄酱。

这顿喜庆的大餐经常出现在大型家庭聚会上，田园庆典的重心就是食用这顿大餐。过去，在从事漫长而艰苦的农作生活还很平常时，人们从小村庄和边远的农场赶来参加田园庆典，他们聚在一起，分享一顿大餐，品尝当地的葡萄酒。即使是电视机、互联网、手机和汽车随处可见的今天，本地人、拜访者和旅行者仍一起坐在小镇广场的长桌边，享用蒜泥蛋黄酱豪华餐。

// 02 //
乡村庆典日的豪华大餐

在普罗旺斯的许多小村庄里，8月15日是庆典日。起初我觉得奇怪，竟然会有这么多小村庄在同一天举行社区盛宴。直到了解到这一天是天主教的圣母升天节，我才恍然大悟。庆典开始于8月14日，至少要持续两天。第一天的活动通常包括法国式滚球游戏、现场音乐会、冷餐会和晚间舞会。如果是大型舞会的话，会一直持续到深夜。8月15日，中午会有冷餐会，接下来是蒜泥蛋黄酱豪华餐和更多法国式滚球游戏。

七月下旬，你就会在电话线杆上或在咖啡馆和面包店窗户上看到海报，宣告即将到来的节日盛宴。海报上会写明活动日程、大餐的费用和购买入场券的地点，以及提醒你带上自己的餐具。

第一次参加我们村的蒜泥蛋黄酱豪华餐盛宴时，我、唐纳德、埃塞尔和奥利弗稍稍到早了一点儿。虽然还不到正午，许多人就已经标出了他们的座位。我们在一对德国口音的夫妇和一群法国人之间——可能是带着朋友和亲戚来的一家人——找到了我们的四人座位。埃塞尔认出了玛丽和马索的女儿艾琳，于是朝艾琳跑了过去。她粉红色的背心裙在身后飘舞着，白色的皮凉鞋踢起了尘土；奥利弗紧跟着埃塞尔,他很潇洒地穿着被他称作聚会礼服的衣服——一条奶油色的棉布松紧带长裤和配套的一件红黄绿三色滚边 T 恤。

我朝艾琳挥了挥手,然后开始摆我们的餐具:跳蚤市场上买到的几个盘子,盘子周围有黑色和深绿色"艺术"风格的装饰;绿色餐巾和从加州带来的不锈钢刀叉。喝葡萄酒时,我们同大部分人一样,用的是小酒店风格的短玻璃杯。唐纳德去了冷餐吧,冷餐吧在广场另一端市镇厅门前的树下。摆完餐具后,我马上将自己的篮子放在桌下,跑到了他那边。我们遇见了很多"点头之交",他们问埃塞尔和奥利弗怎么样了,我指给他们看正在路中间玩耍的两个小孩,提到孩子们回到普罗旺斯后,他们都非常高兴。奥利弗是这个小村庄十多年以来出生的唯一的婴儿,这里的人们都认为他很特别。当然,他们也很喜欢生活在他们中间的美国小女孩——埃塞尔。

人们穿着鲜亮的夏日衣服,围着桌子交谈,广场上慢慢地填满了各种旋转的色彩。他们从篮子里取出盘子和玻璃酒杯摆在桌上,玻璃和陶瓷碰撞声成了背景音乐。男人们将瓶装酒放在桌子上,撕去标签,取出酒瓶塞,然后往酒瓶里灌满水,而不是葡萄酒。

一支麦克风孤零零地立在露天音乐台上,昨晚乐队曾在那里彻夜演奏。市长走上了通往露天音乐台的台阶。他是一位本地农场主,有着粗壮有力的臂膀和双手,不管什么时候、什么场合,他都非常沉默寡言。那时,他是瓦尔省的许多共产党领袖之一,有传言说他曾经担任过本地二战时期抵抗运动的领袖,但真相不得而知。我总是对他怀有一种敬畏之情,所以,看到他大笑、大声呼唤和向朋友招手,告诉每个人"请入座,请入座",再走回去同家人坐在一起时,我的感觉很意外。录音机开始播放音乐波尔卡舞曲,但在我听

来，这音乐声却如同现场用手风琴奏响的。

我为埃塞尔和奥利弗倒上水，唐纳德为我倒上玫瑰红葡萄酒，然后把酒瓶传给了桌子上的其他人。坐在我们旁边的法国家庭在聊天。没过多久，玛丽朝我们走过来，抱着一个装蔬菜的硬纸板箱。她一边走，一边从箱子里面拿出了什么东西，放在大家的盘子里。她打扮得很喜庆，发型是新做的，穿着一件亮红色短衫，一条印花短裙和一双红色高跟凉鞋。

"这是你的，乔治妮，这是埃塞尔的，这是奥利弗的，这是唐纳德的。"她把青豆放在每个人的盘子里，"接下来还有更多！"她继续朝桌子另一端走去。其他抱着硬纸板箱的女人们，她们笑着，手在箱子里出出进进。不一会儿，我们的盘子里有了煮土豆、甜菜、胡萝卜、青豆、熟煮的蛋和蜗牛。

看到桌上有蜗牛，我们都很高兴。我们在去年夏天就捉过蜗牛。雨后，在西朗瀑布，蜗牛们爬出覆盖着常春藤的围墙来冒险，我们把它们从湿滑的岩石上拔下来，从而收获大量的蜗牛。喂了蜗牛两周百里香和麦麸后，玛丽帮着我们制作了蜗牛餐。我们先将蜗牛肉取出蜗牛壳，割掉带苦味的尾部，再把它们放回壳内。我们制作了一种用大量大蒜调味的番茄酱，把蜗牛壳放进调味剂后，文火焖两个多小时。最后，根据玛丽的建议，吃的时候，一只手拿住蜗牛，用牙签轻轻一挑，待蜗牛肉松动后，再将蜗牛从壳里吸出来。这种吃法很麻烦，不过很好吃。

很久以前，蜗牛就是普罗旺斯餐桌上的美味，但不是蘸酱吃，而是在煤火上烤着吃。人们曾在普罗旺斯高地的史前洞穴的入口处，发现过烹饪的灰烬和蜗牛壳的痕迹，有些可以追溯到至少公元前11000年。考古学家发掘出许多处埋藏了大量蜗牛壳的遗址,它们通常被称作中石器时代蜗牛农场。甚至在离我家不远的坎松也有迹象表明,史前时代的人类食用蜗牛。

普罗旺斯人保留了在煤火中烤蜗牛的传统。当地人曾告诉我,直到19世纪五六十年代,人们还经常一边在葡萄园劳作,一边烤蜗牛。工人们会在一片空地里,生起一堆火,用葡萄藤枝做燃料,将烤肉架放在火上,架子上放着蜗牛。人们用大头针或者编织针将蜗牛肉从壳里挑出来吃。这种吃法流传自工人们的祖父母和曾祖父母。不过我觉得,最理想的方式还是蘸着蒜泥蛋黄酱吃。

蔬菜和蜗牛上桌后不久,两个女人走到我们桌前,问:"要橄榄油做的蒜泥蛋黄酱,还是向日葵油蒜泥酱?用向日葵油做的味道不会太浓。"我通常食用橄榄油制作的蒜泥酱,所以选了橄榄油的。不过我为奥利弗要了一点儿向日葵油做的,他可能会比较喜欢口味温和的,而且我也能尝尝。

向日葵蒜泥酱是淡黄色的,我把一块面包蘸进酱里,尝了一点儿,味道近似黄油,但是有着很浓的大蒜味。我尝了点儿自己的橄榄油蒜泥酱,同样是大蒜味,不过味道更浓一点儿,有更多的水果味,吃完后,嘴里还留有一点儿淡淡的橄榄油的苦味。这两种我都喜欢。后来我才知道,如果想吃温和点儿的橄榄油蛋黄酱,可以将其与葡萄籽油或向日葵油混合制成蒜泥酱。这是一个很棒的主意。当然,如果你喜欢口味刺激、苦涩味重的橄榄油的话,就另当别论了。

我平常使用的是各种特级原生橄榄油,有的用于烹饪,有的用于制作醋油沙司,有的用于调味品。这几种橄榄油的口味差别很大。如果是混合橄榄油,则取决于其中各类橄榄的品种、果园的选址、生

长收获和碾磨的条件。决定味道的还有一个关键因素是采摘时橄榄的成熟度。如果橄榄在采摘时,部分是青色的,那么制出的橄榄油会带有苦涩或辛辣的余味;如果用的是完全成熟的黑橄榄,那么橄榄油的味道就会比较温和,带一点儿水果味,同黄油的味道很像。按照传统,普罗旺斯收割橄榄的时机是橄榄长成了黑色或者接近黑色时,因此,普罗旺斯的橄榄油比其他地方诸如托斯卡纳的橄榄油味道要更温和一些,因为那些地方的橄榄在采摘时,还有部分是青色的。

除蒜泥酱以外,普罗旺斯其他经典美食的烹饪也需要大蒜和橄榄油的配合。橄榄酱是一种味道浓烈的酱,用于涂抹烤面包片和浇在蔬菜上。它最开始的制作方式和蒜泥酱相似,先将碾碎后的大蒜和盐混合在一起搅拌,加入橄榄和马槟榔,有时候还可以加入芳香植物或坚果,然后缓慢滴入橄榄油,使其混合,直到酱达到了合适的黏稠度。制作凤尾鱼酱也是类似的方法,不过在滴入橄榄油前,加入的是凤尾鱼而非橄榄。

当那几个端着碗、抱着硬纸板箱的女人又转回来时,我们的蒜泥酱已经吃完了。这次又来了点儿新的东西——盐鳕鱼片。

我只吃过一次盐鳕鱼,那还是在奥利弗两个月大时的新年之夜。我们的邻居乔琪特和丹尼斯邀请我们共同分享午夜晚餐,上的第一道菜便是盐鳕鱼韭葱烤菜——丹尼斯最喜欢的一道菜。这道菜实在是令人难以忘怀。菜肴的最上层是松脆的金色面包屑,下面是盐腌的细碎薄鱼片和绑在一起的甜韭葱,里面加了贝夏梅尔乳沙司,因为加了红辣椒粉,还有少许辛辣味。

周围的人去掉了银灰色的鱼皮,剔除鱼鳍、鱼骨和软骨,再将鱼切成大薄片,然后把鱼片蘸入蒜泥酱里,或者在鱼片上抹上蒜泥酱。

我也照做了。我从未烹饪过盐鳕鱼，也从没像现在这样大块地吃过。盐鳕鱼的肉质比较粗糙，有点儿呈粒状，味道很强烈，但是很美味，特别是和着蒜泥酱一块吃。我很喜欢，下定决心一定要学会做这道菜。

事实上这并不难。第一步是将盐鳕鱼浸泡在水中二十四小时，其间要不断换水，这样既可以使鱼饱含水分，又可以滤去盐分。这一步完成后，把鱼和一片月桂叶一起煮。我总会先割下一小块鱼肉，用水煮一下，尝尝味道，确保盐分已经完全排除。如果还没有，我会用冰冷的流水冲洗鱼，然后再煮一块，尝一下，直到没有盐分后，才煮整条鱼。

将煮过的鱼切成片后，加上蒜泥酱就可以吃了，它也可以用于烹饪其他菜，像是盐鳕鱼韭葱烤菜或橄榄油大蒜鳕鱼羹（普罗旺斯最棒的菜肴之一）。地道的橄榄油大蒜鳕鱼羹不过是将煮熟的盐鳕鱼、热橄榄油和热牛奶在文火加热的炉子上捣成糊状煮，直到形成浓稠的乳状体。倒橄榄油的速度不能过快，橄榄油也不能太热，不然做不成乳状；倒牛奶的时候也必须十分小心，速度要慢，牛奶不能过热，以免凝结，破坏整道菜。最重要的是，不能使其沸腾。乳状物一旦形成，加入一种用磨碎的大蒜、欧芹和柠檬制成的调味品，吃的时候可配以油炸面包丁、红酒，这便是一道用简单原料制成的高贵佳肴。

橄榄油大蒜鳕鱼羹的另一种更有挑战性的做法是使用土豆。但它的制作方法其实也比较简单，因为它不是一种乳状物，同时，它也比地道的做法更为温和。制作时，用研钵和杵将煮后的鱼捣碎成泥状，然后与土豆混合在一起继续磨，轮流倒入热牛奶和橄榄油，搅成浓稠的奶油状面团，最后加入用磨碎的大蒜、欧芹和柠檬制成的调味品。制作奶油烤菜时，也可加入这一混合物，上面盖上面包

屑，放在热炉子上烘烤之前，滴入橄榄油。吃的时候同样也是和油炸面包丁一起享用。

直到不久前，盐鳕鱼还一直被称为穷人的食物。过去，普罗旺斯有一种说法，常常用来夸奖某些具有异国情调的、奢华的菜肴，翻译过来大概是："很确定，这道菜不是盐鳕鱼和菠菜。"这种说法表明，这道菜在经济拮据的普通家庭里很常见，可是现在，一公斤盐鳕鱼的价格和牛排，或者金枪鱼的差不多。高级餐馆里也出现以前只属于农家菜的橄榄油大蒜鳕鱼羹了。橄榄油大蒜鳕鱼羹可能会与切成丝的黑松露一起，作为开胃小菜出现，一口一块；或者与新鲜的煮鳕鱼同时出现，旁边放着黑橄榄酱。

那天，蒜泥蛋黄酱豪华餐的结束曲是本地面包店制作的油酥点心。面包店老板和他的妻子身上扎着白色的围裙，他们的助手们则抱着光滑的白色面包箱在桌子间穿梭，箱子里装着制作精良的法式小点心，包括一种填满了巧克力慕斯或者新鲜水果的水果蛋糕、精致的黑莓千层酥和一口一个的杏仁奶油夹心烤蛋白。他们给了奥利弗和埃塞尔每人两块点心。我和唐纳德又拿了一杯葡萄酒，往后一仰舒服地躺着。人们开始起身前往滚球比赛场地。

滚球的正式说法是滚球戏，它是普罗旺斯全民普及的一项运动。无论年轻人还是老年人，男人还是女人，每个人都会玩。如果你在背阴处看到五个以上的人目光朝下盯着一块泥土地或沙土地，那就说明一场滚球比赛正在进行，再靠近点儿观察，你会看到他们盯着的是几个铁球（滚球），正尝试着确定其中哪一个与另一个小木球（目标色球）的距离最近。这个游戏与美国草地保龄球和意大利地滚球戏很相似，方法是并拢双脚，将滚球扔出去，尽可能地接近六到十英尺以外的目标色球。参与游戏的每队人数是一到三人,每队有六个球。大部分选手都在口袋里放了一把铁卷尺,当所有球都被扔出去后,便会用卷尺精确地测量与目标色球的距离,距离较短的情况下,还会用到卡尺。如果我方的球比对手的球更接近目标色球,那么将获得一分。比赛一直持续到一方先达到十三分为止。

在普罗旺斯,滚球比赛是一项很严肃的并能吸引大量观众的体育活动。人们围站在一起,每抛一球,观众们的目光就会从滚球转到目标色球再到选手,然后又转回来,等待下一次投掷。我和唐纳德收拾完餐具后,加入了围观的队伍。我们的一个朋友参加了比赛,他曾经很紧张他的分组状况,因为经常会有来自邻村的顶级选手参加 8 月 15 日的比赛,而他想要获奖。

选手们拉了拉他们的帽檐,表示幸运之意,然后弯下腰,抓起一点儿尘土,在双手间摩擦几下,从而保证能够抓牢滚球。选手们走到地面上画出的一条线前,瞄准目标,围观的每个人神色都很严肃。我们站了一段时间,等着看混合队的比赛——每队两男一女。女人们和男人们一样认真,一样有实力,在某些情况下,甚至比男人们都要出色。一个女人穿着一条系着细皮带的棉布背心裙,裙摆正好到她匀称漂亮的膝盖以上,她晒得很黑,金色的头发齐肩长,人们纷纷退到她身后,等着看她抛出滚球;另一个女人严肃的脸上带着一种工作状态时的表情,棕发烫得卷卷的,她穿着一双耐用的棕色鞋子和一条膝盖以下的蓝绿色格子裙,不停地将对手的球从小木球旁边击开,吸引了大量的目光。

到四点钟时,埃塞尔和奥利弗开始觉得又热又无聊,想去湖里游泳。我也很热。我想,用游泳来结束这一天是个不错的主意。

蒜泥蛋黄酱大餐

大餐的精髓是金绿色的蒜泥蛋黄酱。我认为在家享用这顿大餐最简单、最好的方法是按照普罗旺斯小村庄的做法：将蒜泥蛋黄酱与煮蔬菜（或者蒸蔬菜）、全熟煮蛋还有鱼一块食用。

大餐开始前，先端上一些开胃菜和茴香酒，或者玫瑰红葡萄酒，然后再上蔬菜，接下来是鱼、足够的法国棍式面包片和葡萄酒，最后上水果馅饼，这样你在自家后院就能享受普罗旺斯蒜泥蛋黄酱大餐了。

食材：

蒜泥蛋黄酱材料：大蒜、粗海盐、生鸡蛋黄、特级原生橄榄油、配菜：水煮鱼（推荐去骨鲑鱼）、全熟煮蛋、法国棍式面包片、蔬菜（小甜菜、土豆、胡萝卜、青豆）、干白葡萄酒、龙蒿枝、柠檬

做法：

一、蒜泥蛋黄酱的做法

1. 将四瓣大蒜放入研钵，加入少许粗海盐，用杵捣成糊状物
2. 放入三个生鸡蛋黄，搅拌
3. 慢慢滴入大概 1/2 杯特级原生橄榄油，继续搅拌

4. 当蒜泥蛋黄酱变浓稠后，就可以以持续的细流状继续添加橄榄油，一边搅拌

二、配菜

1. 根据人数，煮鸡蛋、鱼、小甜菜、青豆、土豆和胡萝卜

2. 煮鱼：锅里放入1/2杯干白葡萄酒、1汤勺粗海盐和一些新鲜龙蒿枝，1只柠檬挤出汁水，文火煨10分钟，然后加入去骨鱼片，直到鱼片变成不透明，出锅

三、吃法

将装鸡蛋和蔬菜的盘或碗、面包和蒜泥蛋黄酱一起端上桌，蘸着吃，吃完后，再上鱼

普罗旺斯蒜泥蛋黄酱大餐就完成啦！

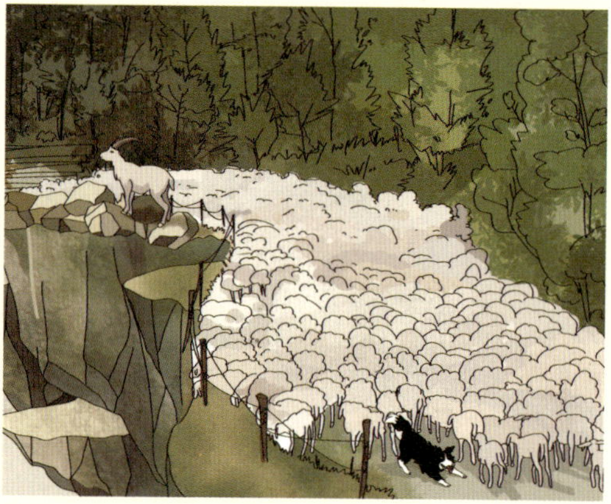

第七章

阿 尔 卑 斯 山 下 的 绵 羊

◎

"在高山草原上"
"只有你和星星,还有周围上千只动物
带来的暖意"

// 01 //
季节性的迁徙

我们必须停车,因为我们被羊包围了。

狭窄的山路旁边就是悬崖峭壁,情况不允许我们用傲慢的态度超越这群羊。我们摇下了车窗,映入眼帘的是一片正在移动的动物海洋,各种陌生的声音包围着我们,叮叮当当的铃声、咩咩的羊叫声和牧羊人尖利的哨声混杂在一起。高贵的山羊混在羊群中,优雅地越过步履艰难的绵羊,走到附近的岩石上,或者登上路另一边的悬崖,为的就是趁着灰黑毛的牧羊犬催赶之前,嚼食特别美味的枝叶或少量草叶。在牧羊人和牧羊犬催促下,绵羊们一直保持着脸微微朝地的动作,平稳地向前挪动着,最终超越了我们。

羊群擦过车身,潮湿的羊毛弥漫着强烈的树脂香味,乱糟糟的羊毛上还挂着些杜松子和松针。看来它们刚刚穿过矮树丛。

那天的牧羊人是临时凑在一起的,有的穿着普罗旺斯牧羊服,戴着黑色的宽边平头毛毡帽,披着棕色或黑色的斗篷外套,挥舞着粗壮又古旧的牧羊曲柄杖;有的戴着厚厚的羊毛贝雷帽,帽檐拉得很低,盖过了他们的眼睛,身着起球的厚毛衣——我猜那是用去年剪下来的羊毛手编的。

我们在那里停下来,顺便去咖啡馆补充一下三明治。我们的目的地是埃罗山口。街道上挤满了绵羊、山羊、牧羊犬和牧羊人。牧羊人正费力地让动物们远离路旁种的树和咖啡馆对面小公园里的鲜花植物,他们噼里啪啦地抽打着羊头,呼喊着旁边奔跑的牧羊犬。离我们最近的牧羊人脸上滴下汗珠,他急急忙忙地朝前赶着,注意力完全集中在他的动物们身上。

"这是季节性迁徙吗?"我问咖啡馆的老板。

老板从门口转身走回店内,最后一群羊离开后,他回答道:"没错。他们每年6月25日左右都会经过这儿。这是他们爬入高山草原之前的倒数第二个村庄。他们来自圣雷米附近,花了十天的时间才到这儿,还要用一天的时间进入草原。他们会在村庄的另一边搭帐篷停留到凌晨一点左右,确保每个人都能睡上一觉,动物也是。下午赶路实在是太热了。"

我们坐了下来,点了清凉的纯生啤酒,同时给埃塞尔和奥利弗点了法奇那橘汁气泡饮料。老板先端来饮料,而后又端来一个盘子,上面放着四个棍式面包火腿黄油三明治。法式火腿三明治加冰啤酒的午餐几乎是最美味的。把早晨刚出炉的松脆法国棍式面包切下至少1/3,然后切成纵片,抹上厚厚的淡黄油,将两三片火腿薄片夹入中心1/2处,再合上,有三种口味和三种原料的三明治就做成了。

由于长时间的驾车和路途的兴奋,我们都很饿,安静地吃了好几分钟,细细品尝了每一口之后,才开始讨论起我们见到的景象。以前,我们瞥见过远处的羊群,听到过它们的铃铛声,但这是第一次移动的羊群穿过了我们,离我们如此之近。在以后的夏天,这样的场景仍然会继续上演。在秋天也能看到同样的场景,那个时候,

羊群被赶下了高山草原，在海拔低的乡村地带度过冬天。

自罗马时代起，放牧绵羊就成为普罗旺斯很重要的经济来源。季节性迁徙最初开始于"那个时代的某个夜晚"——牧羊人一般这么说。史前时代没有留下任何证据，但是罗马早期的文学作品中提到了绵羊从那里走过。绵羊和山羊一样适应了干燥的地中海生态环境所造成的贫瘠生活，也适应了当地稀疏的草原。可是当天气在夏季的几个月转为炎热时，绵羊就会停止进食。待在原地，它们会减重，还会伤及健康。开始于普罗旺斯西南部的圣雷米和亚尔周围地区的季节性迁徙6月10日左右出发，前往东北方的尤布瑞河谷，或者穿越埃罗山口，到达意大利的皮特蒙和阿尔卑斯山脉沿岸地区；而开始于普罗旺斯东南部的玛瑙斯克和欧普斯的季节性迁徙因为低温的时间更长，所以6月15日左右才出发。虽然出发的时间有所不同，但他们的目的地都是高山草原。

羊群和他们的人类伴侣需要长途跋涉十到十二天，每天步行大概十五公里，在天气凉爽的午夜后出发，步行至接近正午时停下来休息。有一部分旅途是顺着我们在埃罗山口时那样的马路，但大部分是沿着尘土扑面的小径前行，越过乡村地带，穿过森林，走过耕地的边缘，挤过矮小的灌木丛。和羊群一起行动的是装着干粮、做饭设备、谷物和药品的卡车，他们准备好搭载任何一位感觉不适的旅行者——不管是动物还是人类。徒步迁徙的传统在20世纪70年代似乎有绝迹的趋势，因为装满了羊群的柴油引擎卡车可以在一天之内从太阳暴晒的南方行至高山草原。但是因为卡车装载所带来的劳累，会导致绵羊减重，甚至死亡，所以更为人性的古老迁徙方式又重新开始了。这也成了沿途一些小村庄居民的乐趣，村民们可以在每年同样的时间，等待羊群和牧羊人经过。

传统迁徙一代代地传承下去，年轻的牧业创业者通过专业的培训，学习到在过去只能通过手把手教学才能学到的经验。部分培训的地点在教室和牲畜舍，其余都是在路上进行的。在短暂的培训期过后，就可以找一位牧羊人师父做学徒，朋友和相关人员也可以加入迁徙的队伍。这也是我一直都想尝试的。

我的朋友乔安妮曾经参加过一次，她说那真是一次极妙的体验。"世界上没有什么体验能与这种体验相提并论，在高山草原上，只有你和星星，还有周围上千只动物带来的暖意。它们的气味成了你所在世界的一部分，你能够学习根据它们的声音辨别它们的不同，你甚至能够把它们一只只认出来。我们一行有十个人，每个人要照看一百只绵羊，确保它们不会啃食村庄里的天竺葵，不会掉下悬崖或者跑到汽车前面。"

我问她山路上冷吗，她说除了在海拔最高的山隘外，平时天气并不寒冷。另外，步行的时候，每个人体内的水分都在流失，动物也不例外，所以需要及时补充水分。她还告诉我，一些人在头几天的行程中，会因为脚被磨出血来，不得不离开队列。

"我们停下来休息时，每个人都会帮厨。货车拉着桌子、长凳和一些基本食物。一天晚上，一头鹿迷路了，闯进帐篷里，有个牧羊人拿枪射死了它，于是第二天晚上我们的晚餐就成了鹿肉，但我没吃下去，因为鹿肉很硬，还有一股血腥味。"

货车出现之前，大部分的食物是靠打猎获得的。不管是松鼠、土拨鼠，还是高海拔地区的鹿和高山绵羊，甚至是在长途跋涉中，受了致命伤的绵羊或小羊，都是牧羊人们的食物。

// 02 //
关于羊蹄馅饼的古老回忆

数个世纪以来,羊已经成了当地人生活中不可或缺的一部分,不仅为人们的饮食提供羊肉,还为人们的衣服提供羊毛和羊皮,为蜡烛的燃烧提供羊油。

普罗旺斯人创造了各种方式,食用羊身上的各个部分,内脏始终被认为是动物身上最理想的一部分,普罗旺斯人把许多精力都放在了烹饪羊肾、羊心上。当地人也喜欢吃羊舌头,小而嫩的舌头被放在清汤中炖,调味后切成片,再拌上橄榄油、欧芹和碾碎后的大蒜,这样的小羊舌是整个法国的小饭馆里最受欢迎的一道菜。

比较难遇上的是另外两种菜,一种菜的原料是胃黏膜和羊蹄,另一种菜的原料是只有羊蹄。这两种独具普罗旺斯风味的菜肴,都充分表现了羊对普罗旺斯的重要性和普罗旺斯人对于厨房生活的热爱。

白葡萄酒煨羊蹄羊肚卷是马赛的一道特色菜肴,甚至可以与普罗旺斯鱼汤相提并论。锡斯特龙宣称,它是这个城市饮食文化的标志。制作这道菜时,先将碾碎后的大蒜、欧芹和熏猪肉塞进胃黏膜(又被称作羊肚),然后合上羊肚做成袋状,将它置入放有番茄、白葡萄酒和芳香植物的酱汁中烹煮五个小时左右，同羊肚一起煮的还有羊蹄和一块厚厚的猪胃切片。不用再加入任何调料，酱汁会因为羊蹄上的动物胶自然而然地变浓稠。这是一道味浓而质朴的菜肴，我热爱它复杂的风味、鲜美而又有点儿柔软的肉质以及橙红色的酱汁。普罗旺斯人会从羊蹄上挑出仅有的一点儿肉，兴高采烈地吃着浓浓酱汁上漂浮着的羊肚包。并不是每个人都爱吃如此奇怪的食物，但这道菜在普罗旺斯的家庭记忆中却占据着神圣的地位。

当羊肚包在香气四溢的酱汁里烹煮时，羊肚的膻味就开始慢慢变淡，它也开始变得十分柔软，以至于吃下第一口时，细细的肉丝就会在嘴里融化，流出少许酱汁，露出里面包着的大蒜和欧芹。有时候，切碎的羊肚也会被作为填充物，从而创造出一种味道更为浓烈，却依然多汁的菜肴。

普罗旺斯高地的最后一家白葡萄酒煨羊蹄羊肚卷工坊位于锡斯特龙——普罗旺斯的入口。锡斯特龙位于普罗旺斯的阿尔卑斯山脉和低地的交界处，因此它也被看作是季节性迁徙的十字路口。这里有许多大型屠宰场，白葡萄酒煨羊蹄羊肚卷很有名。在这些地方，找到白葡萄酒煨羊蹄羊肚卷的食材是一件很容易的事，象牙白的羊蹄十分光滑，整齐地堆放在不锈钢或白搪瓷盘子上，旁边放着羊肚包，通常会配上欧芹枝。我从没有完整地做过一遍白葡萄酒煨羊蹄羊肚卷，虽然有过这个念头。

不管是自制还是现成的白葡萄酒煨羊蹄羊肚卷，酱汁都是一样的，番茄或罐装番茄汁、白葡萄酒、猪肚、月桂叶、百里香和辣椒粉被放在一起在锅里焖。然后放入羊肚包，盖上锅盖，用文火煨两个小时。接着放入羊蹄，再用文火煨两三个小时，等羊肚变得十分

柔软时，这道菜就可以上桌了。

最初，烹饪仅仅是为了迎合单调的农舍生活的需要，后来成了普罗旺斯的一种文化。烹饪不仅是为了果腹，还是为了重现记忆中的美食。当人们围坐在桌边，细数他们有关食物的记忆时，他们的眼睛闪耀着光彩，在描述他们钟爱的菜肴的味道、气味和口感时，他们的动作也变得轻柔了，而且周围人也会以咂嘴表示回应。

我有一段难以忘怀的记忆，有关羊蹄的另一种烹饪方式——油炸羊蹄馅饼。我记得玛丽的堂妹约瑟芬曾经同马索的姨母谈论过这道菜。马索的姨母既是一个很好的听众，又是一个很健谈的人。那个时候她已经九十岁了，还热衷于烹饪美食以及品尝葡萄酒。罗伯特和弗朗索瓦·兰米的家就在我家的马路对面。那天，我们坐在他们家露台的桑树下，着迷地倾听着那些许久以前的回忆。

"噢，是的，我做过。太麻烦了。首先拔羊毛，还得放在火上烧掉那些没有拔掉的羊毛，然后漂白羊蹄，让它们变得又白又漂亮。一口锅里至少要放十二只羊蹄，有时更多，然后把锅架在木炭炉子上。现在已经没有人用木炭炉子了。"她大笑着，摇了摇头，稀疏的灰白头发在微风中飘舞着，"噢，味道很好。那时，我的女儿们、我的妈妈、我的外婆，所有人都围坐在大木桌旁，闲聊、讲故事，有时候还会喝一杯白兰地酒取暖。等羊蹄煮熟后，我会把每只羊蹄用切肉刀使劲切成两半，分给每个人。大家把羊骨头和肉分离，羊皮放在一边等着填满作料，羊肉则都回到我这儿，我会和着百里香将羊肉切得很细，接下来，往羊肉里加入盐和辣椒粉，如果可能的话，还会加入凤尾鱼，滴入橄榄油一起搅拌。然后大家一起把馅儿塞进羊蹄的羊皮里，再把羊蹄放在一起，用绳子捆绑起来。哎哟，那是多么复杂的程序啊！"

"啊，这就是你的制作方法，"约瑟芬说，"我只记得味道。我看到它长得像羊蹄却没有骨头时，我太惊讶了。然后呢？"

"然后？啊，是的。"她停顿了一下，然后将思绪又拉了回来，"对，接下来，嗯，我们将它们蘸上面粉或面包屑，放在一口装了橄榄油的大锅里炸。"

"我们会加上柠檬一块吃，对吧？还有欧芹，外皮很脆，但是里面很软，肉很多，我很喜欢。我还记得我还从雷蒙德的盘子里偷吃过油炸羊蹄馅饼。"约瑟芬看着桌子另一端的哥哥。

"你真是个淘气的妹妹。你知道我没有看着它们，你就都拿走了，你还撒谎说没看到，不过不管怎样，姨母总是会多给我一点儿。"雷蒙德大笑着往他自己的酒杯里倒了一点儿葡萄酒。

"我们能自己做点儿吗？"我问约瑟芬和玛丽。我完全被这道菜吸引住了，想象着它该有多美味。

"啊，不，太麻烦了。"她们都这样回答。

但我还是下决心要自己做一次，不过直到最近，这个想法才实现。羊蹄花了两个多小时才煮熟，剔出骨头时，我把一些皮给撕碎了，还不算太糟糕，但是填充物漏了出来。当我把开口两端捆起来时，羊蹄显得有点儿臃肿，不过至少还能看出来是羊蹄。这道菜从根本上说，是一道 **陶制盖碗食品**，将肉的

陶制盖碗食品：terrine，用砂锅或者盖碗的陶罐做出的食品。

混合物包在塑料包装里，然后用水煮十来分钟，就可以做出一种类似的菜肴。等肉包冷却后，将其割开，撒上面包屑，然后炸。动物胶和鲜肉将松脆的面包屑、芬芳的芳香植物和鲜嫩的肉结合在一起。就像白葡萄酒煨羊蹄羊肚卷一样，油炸羊蹄馅饼绝对值得费那么多工夫。

只有选对了原材料，你做的菜才可能好吃。在普罗旺斯，大家认为最好的羔羊肉是锡斯特龙羊肉，来自普罗旺斯高地上放牧的羊群。羊群以野生草本植物和青草为食，在本地屠宰，产出的羊肉味淡而鲜美。这一本地特产获得了 IGP 认证。

IGP 认证是一种欧盟官方授权的红色标志，旨在为消费者提供质量最佳的欧洲产品。这一标志能够保证动物出生、生长和屠宰的地区符合特定的规则和条件。例如，配种的母羊和公羊必须是以下三个地区的品种：亚尔的美利奴羊、南部的前阿尔卑斯羊和莫勒洛羊，或者这三种的杂交品种。羊群必须延续季节性迁徙的传统放牧方式；小羊必须母乳喂养至少六十天，其一生的各个阶段——从出生到屠宰和运输——必须有可追溯性；一只小羊的体重必须在十二到十九公斤之间，屠宰时必须符合出生满一百五十天。

出售锡斯特龙羊肉的肉店（就像我在欧普斯到过的那家），会很自豪地在肉店橱窗上张贴海报打广告，上面画着一只毛茸茸的小羊，印着"锡斯特龙羔羊"。锡斯特龙羔羊肉柔软而有嚼劲。我的屠夫朋友告诉我，羊后腿肉在 375 华氏度的温度中，烹煮四十五分钟后最美味。从肉店店主或者小商贩那里买肉时，他们也会很乐意告诉你不同的烹饪方法。

"现在，"每次我买羊腿的时候，屠夫都会这么跟我说，"你必须用橄榄油把它整个刷一遍，然后还要抹许多新鲜的百里香，一点儿新鲜迷迭香，然后撕开大概这么深"——他用大拇指和食指比画——"塞满大蒜片。煮的时间不要太长。把好好的羊后腿肉煮得过熟是最糟糕的事了"。

他和他的妻子长得很像，都很强壮，脸很圆，挂着大大的微笑。他的头发已经白了，和他的围裙很相配，而他妻子的头发很软，是棕色的。

"啊，"他的妻子经常说，"能挑到这么好的羊后腿肉，你真是太幸运了。我很喜欢吃，但是我们家其他人都不怎么喜欢。我的丈夫，可怜的人啊，根本就吃不了。我做的羊后腿肉只能给自己吃，一点儿意义也没有。"一边说着，她把自家做的冷餐红肠作为礼物塞到了我买的东西里。

// 03 //
老屠夫的智慧

我喜欢透过肉店的后门看里面。

屠夫消失在冷藏房沉重的房门后,再出现时,肩膀上挂着一整条羊腿或者 1/4 个猪。他将猪扔在满是划痕的厚砧板上,从砧板后面的刀架上抽出来一把长刀,然后在一块钢板上磨起刀来,刀子划出了几道流畅的弧形,马上,我便看不到他的动作了。他背对着店面,头低着,专注于他的工作。不一会儿,他又站直了,拿着一块猪腰子肉,或者一块用百里香枝系得牢牢的烤肉——肉上涂满了猪油,或者是一块边缘砍得很整齐的猪肋骨肉。

一次,我问起了他有关腰子肉的事。我在几小时路程以外的,另外一个小镇肉店橱窗里看到过那种肉片,但那个时候我正在进行夏日远足,怕它坏掉,就没有买。

"现在那种肉很珍贵。你看见的是整块的还是切成了片的?"

"切片了的。有四片肉看上去像……"我在寻找一个合适的词,"嗯,就像镜片。"我朝他用手做了个杯口状,几根手指几乎要互相接触上。"大概是两厘米左右的厚度,"我用大拇指和食指比画了一下厚度,"两边都包着一点儿肾脏。"

"没错,是从脊肉上割下来的,在后面往下一点儿的部分。"他转过去,将手放在自己的后背下部示意给我看,"就在这儿,在肾脏的部位。"他又转向我,"当割下这些肉片时,每一块都会带一点儿肾脏。对于真正的屠夫来说,这很简单,但对于那些站在大超市柜台后的人来说,就不是了。超市的屠夫们不会自己屠宰牲畜,因为这需要专业技能,他们只会把已经割好的肉摆在盘子里。"

我从其他屠夫那儿也听到过类似的观点——真正的屠夫在逐渐消失,因为当老屠夫退休后,缺少继承手艺的年轻人。

"脊肉也可以整块煮,但是很长一段时间,我都没有收到过这种订单了。在过去,每个假期我都会卖出去许多,反正对于一个五百人的小村庄来说,不是一个小数目。"

我要了一块肋骨肉。他回到小店后面的冷藏室,出来的时候肩膀上扛着一块羔羊的后腿及臀部肉。他把肉甩在砧板上,挥舞着手中的刀,切下来一块肋骨肉让我检查。这一块和我早先看到的那块很像,我几乎等不及要把它烹制成一道菜了。

那个晚上,我把橄榄油、新鲜百里香和海盐涂在肋骨肉上,然后在研钵里碾碎了一些干胡椒,也涂在了肉上。九月上旬还很温暖,因此我不打算在壁炉上烤肉。我打算煮四五分钟。"不要煮太久,"屠夫告诉过我,"否则肾脏会被破坏掉,煮过头后肉会变硬。"

两小块玫瑰红的肾脏煮得很完美,肋骨肉也是。我配着我最喜欢的奶油菠菜、蔬菜园里的土豆切片一块儿吃,浇上了吉恭达斯酒。

脊肉和羊后腿肉是肉片贵族,虽然其他种类的肉片也能达到如此的高度,但是它们像羊蹄一样还需要很多时间和创造力。在传统的农村家庭里,自家屠宰是惯例,一直持续到 20 世纪 70 年代,在

偏远的山区，持续时间甚至更长。一年中有许多羊养肥后会被屠宰掉，受伤的羔羊和绵羊也会被杀掉，羊肉源源不断地被生产出来，但一点儿也不会被浪费。

老人们描述着怎么烹饪动物身上不太雅观的部分，例如蹄子、头、睾丸、肾脏、心脏、血液和乳房。在普罗旺斯的家庭和家庭餐馆的餐桌上，还能看到白葡萄酒煨羊蹄羊肚卷、烤脊肉、白葡萄酒羔羊肉和鱼汤。这些经典菜品一代一代传承下来。只要人们还养山羊，这些烹饪方法就不会被遗忘。例如，节日中随处可见的烤羊肉，用到的原材料是羔羊的肾脏、心脏和肝脏，配上洋葱、青椒和熏猪肉，调味后，街边的小贩会把它和香肠一起放在烤肉架上烤，然后一串串卖出去。小贩还会给你一大块撕开的法国棍式面包。你可以把烤肉串放进去，抓紧面包往下拉，把签儿抽出来，面包夹肉串非常美味。你还可以在超市找到生的肉串，包在塑料泡沫盘子里，上面盖着一层保鲜膜。

羊肉汤，也叫浓缩汤，用的是羊身上肉分量较少的部位，例如脖子肉和胸脯肉，有时候也会用到肋骨肉。将肉放入猪油或橄榄油中，加入洋葱、大蒜、胡萝卜和草本植物，这时肉会变成褐色，然后放入少量清汤，用文火煨，这个过程大约需要两个小时。接下来，往锅里加水，使水烧开，再加入大米、藏红花和更多的调料。这个汤叫作"浓缩汤"是因为里面没有多少汤汁，和浓稠的大米粥相似。做好后，把它盛在碗中，旁边放着羊肉，吃的时候可以把去掉羊骨头的肉，放进汤碗中搅拌食用。这碗食材丰富的汤是传统家庭风格的餐馆和普罗旺斯的小饭馆中最受欢迎的菜肴之一。它标志着人们依然尊重和享受老式的烹饪方法，并且尝试着保护这些方法。

羊胸脯是由肌肉和软骨组成的，肉不是很多，通常还很肥。心灵手巧的普罗旺斯人会像做白酒炖牛肉（经典的法式炖牛胸）一样，将羊胸脯肉放在清汤中焖很长时间，汤里面还加了混合香料（香芹、月桂叶等）、洋葱和胡萝卜。之后，撇去浮油，滤去水分，最后加入白色的奶油蛋黄酱。这样，一道适合每个普通家庭口味的菜就做好了。

即使是在今天，羊胸脯肉也不是很贵。要成功地烹饪羊胸脯肉需要时间和耐心。根据邻居玛丽的建议，我按照制作无骨牛胸肉的做法，将火腿、肥猪肉丁、蘑菇和青葱混合后塞进羊胸脯肉里，还加了点儿香料。然后，将混合物放入清汤里，用文火炖煮一个小时左右，待它稍稍冷却，里边的汤汁凝结，再把肉切成片。这样，这道色香味俱全的菜就完成了。我甚至把羊肋骨浸泡在经典的美式烤肉汁中，放在户外烤过，不过没有成功。虽然放了辛辣的调料，但是羊肋骨却不像猪肉或牛肋骨那样多肉，而且仅有的肉中还有很多肥肉。

那些经历过战争年代的普罗旺斯家庭主妇十分节俭，她们会撕掉羊胸脯肉上那层厚厚的皮，把皮的两端缝起来，做成一个口袋，然后塞进去美味可口的填充物——面包、香草，可能还有一点儿香肠，滴入橄榄油，接着再烘烤口袋。等口袋凉了后，把它切成薄片，作为第一道菜上桌，如果条件允许的话，还可以加上芥末或其他辛辣味的调料汁。羊胸脯肉分开炖或以其他方式做熟。这样，便可以用很小的一块肉做出两道菜来。

// 04 //
北非辣味羔羊肉香肠

回到加州后,我们很怀念在普罗旺斯时享用过的美食,所以我们偶尔会自己买猪屠宰,还会四处搜寻羊蹄。

在唐纳德教授农业和畜牧业的高中,有一个很活跃的 FFA 俱乐部——美国未来农场主(Future Farmer of America)俱乐部。我在 FFA 的一个聚会上认识了一个俱乐部的成员,他周末在这片地区的最后一个拍卖场(迪克逊牲畜拍卖场)工作。他告诉我他在那儿能用 60 美元买下一只小羊,这个价钱还包括切下各部分的肉。这实在是太妙了,于是我和唐纳德打算通过他买一只小羊。我们收到这件商品时,各部分的肉已经整齐地包好,并且包装上还标着肋骨肉、腿、肩、肋骨、炖肉的名称,还有一个独立的包装上标着肝脏、肾脏和心脏。这太合我心意了。

不过,当我在火上烤第一块肋骨肉时,我发现这很明显是我们平常说的老羊肉(mutton),味道很重,不是我们在普罗旺斯吃过的羔羊肉(lamb)。我们的一个兽医朋友也养羊羔,并且每年在他的饲养场里都会举办羊羔野外烹饪聚会。他解释说那种浓烈的味道主要是来自肥肉,他建议我们在开始烹饪前,要尽可能地把肥肉去掉。

我照做了。

肉很鲜美,具有独特的味道,慢慢地我开始喜欢上了这种带有浓重味道的羊肉。我感到,通过烹饪,我的普罗旺斯生活又回到了身边,虽然味道已经有所不同。

同其他地中海沿岸的欧洲和北非国家或地区一样,普罗旺斯在数个世纪的侵略史、占领史和移民史中,浸染了异域文化的痕迹,这在美食文化中也很明显。1961年,阿尔及利亚的独立将一些新的移民带至普罗旺斯,随之而来的还有来自前法属殖民地摩纳哥、塞内加尔、象牙海岸以及非洲其他国家的移民。移民带来他们的本地食物和口味,有些成为普罗旺斯和法国主流食物的一部分。

我们第一次到普罗旺斯时就惊讶地发现邻村就有个阿尔及利亚移民聚居地。那是两排单层建筑,墙壁粉刷了奶油色的灰泥,每一个小房子都装着同样的棕色房门和百叶窗。女人们将指甲染上花红染料,穿着长长的裙子,下摆有好几层。男人们穿着蓝色的工装裤或牛仔裤。我们经常能看见的是男人们。他们告诉我们,他们是阿赫科人(Harkis)——阿尔及利亚独立战争中,支持法国的阿尔及利亚人。他们没有留在阿尔及利亚,而是来到了法国,法国政府为他们提供了住房和工作,还为他们的家庭提供了法国的社会福利和公共教育。

秋天是葡萄收获的时节。在普罗旺斯的第一个秋天,我们在葡萄园里遇见了阿尔及利亚移民,他们的食物给埃塞尔留下了极其深刻的印象。那时,我们一起在葡萄园里工作,其中一个男人切了个血橙给埃塞尔,她现在还能清楚地记得血橙的香味、味道和形状,还有那些男人从烤肉架上拿给她的香料味很重的小香肠。

这种小香肠是北非辣味羔羊肉香肠。对于普罗旺斯人来说，它就如同热狗之于美国人一样重要。超市里能看到成捆卖这种手指般粗细的暗橙色香肠。在法国，随处可见的除了这种小香肠，还有一种北非菜肴蒸丸子。蒸丸子的原料通常包括羊肉块或者烤香肠，在露天集市上，小贩们通常用大圆底锅出售蒸丸子，于是它的味道便成了集市香味的一部分。

不过，在加州很难找到这种小香肠，因此我自己学会自制。把羊肩肉、大蒜、红辣椒、盐、胡椒粉、辣椒粉和百里香一起放在食品搅切机里搅拌，粗略地形成混合物。接下来，我会把搅拌机接在香肠绞肉机上，塞入一条香肠套，然后一截截绑起来。做好小香肠当天，我会烤一些吃，把剩下的冷冻起来。每一口自制小香肠，都会让我回想起普罗旺斯生活的味道。

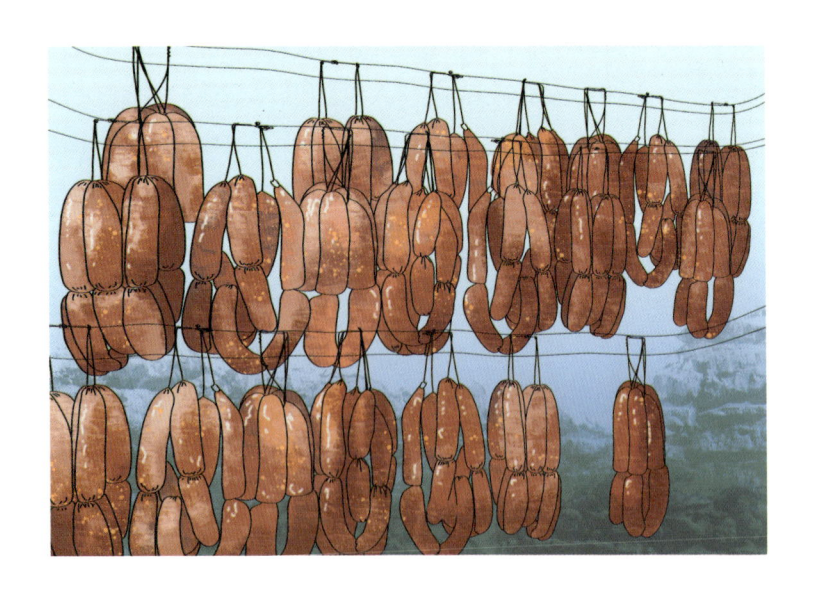

// 05 //
艾本的烤全羊大餐

我在普罗旺斯吃过的,或者自己烹饪过的所有羊肉餐中,烤全羊给我的记忆最为深刻。不仅仅是因为食物本身,还因为在这道菜肴中所体现的友谊。故事以艾本开始。

艾本是梅勒先生家的万能仆人。梅勒先生以前是个军人,在科特迪瓦拥有他口中所说的"公司"。梅勒先生在山坡上买了一套房子,就在我、乔安妮和唐纳德曾经共同拥有过的房子的上方。人们很难看到他。不过艾本每天都会出门挖水沟,喂狗,砍柴,清理灌木丛,挪开岩石块。乔安妮和她的丈夫盖尔德同我们一样,最先是通过孩子们才认识艾本。

艾本是普罗旺斯的一道奇特风景。他经常穿着颜色鲜亮的长袍,手里拿着长柄大镰刀或者一把斧子在山坡上割草。埃塞尔、奥利弗和亚历山德拉——乔安妮和盖尔德的女儿——都被他迷住了。他给他们讲故事,粉红色的手掌做着夸张的手势。他经常从长袍的褶层深处,掏出一包糖分给孩子们。他们一直很好奇他到底把糖藏在了什么地方,因为在衣服上看不到任何口袋。他们说他在非洲有着自己的家。

这个夏天，我们同艾本交谈的时候，他多次提到过他家乡的食物和他自己做的菜。于是，我们从他那里知道了烤全羊。

"那是一顿我们自己做的大餐。我们把一只大小合适的羊屠宰后，将米饭和蔬菜填进羊肚子中，然后用一根烤肉叉穿起来，架在火上慢慢地烤。我想你们会喜欢的。非常非常好吃。这里也和我的家乡一样，有许多绵羊。"

我们都被这道菜迷住了，问他怎么做。然后决定在他的指导下，自己做出一顿大餐来，地点就在乔安妮和盖尔德的家中。

在埃斯帕龙附近有一家养羊场，我们想在那里应该可以买到一只理想的小羊。艾本说他可以做一个烤肉叉，乔安妮和盖尔德帮忙在离房子不远的地方选了一个地点挖火坑。"我们需要很好的木材，"艾本告诉我们，"硬木材，橡木之类的。还要结实、干燥。不能用湿木材。"

我们选定了一个日子——两周后的星期天，然后开始制作邀请人名单，大概有三十人左右，包括我们的邻居玛丽和马索、阿德勒、帕斯卡以及我们的老朋友布鲁诺夫妇。

烤全羊大餐开始的前一天，我和唐纳德开车前往一个农场。在那里，刚刚屠宰并处理好了的新鲜的全羊在等着我们。我们把后面的座位往前折叠，腾出了更多的空间，然后用一张防水布盖住了车后部，这是用来放全羊的。唐纳德和农场的一个工人，一个人托着羊后腿，另一个人托着前腿，把羊搬到了车上。

我们直接驶回了乔安妮和盖尔德家，然后把包在防水布里的羊储藏在他们家的地窖里，第二天早晨才会拿出来，然后把它填上各种食材，穿在烤肉叉上烤。乔安妮已经把所有要填充的原料集中在了一起。那天晚上，在艾本的帮助下，我们煮好了将近三公斤的米饭，把切好的蔬菜用橄榄油煎好，然后把所有东西都和切碎后的心脏、肾脏和肝脏混合在一起。之后我们开始在混合物中添加各种调味料——红辣椒、辣椒粉、盐、胡椒粉、姜黄和小茴香。尝了尝填充物的味道后，我们又加了一点儿调味料，然后又尝了尝，直到艾本宣布："没错，就是这个味道！是我家乡的味道。"

房子里所有的锅和盆都装满了填充物。我们把它们盖起来，也放到地窖里，填充物旁边就是全羊——根据艾本的建议，我们已经在羊身上抹上了一层厚厚的橄榄油、胡椒粉和野生百里香。万事俱备，只欠东风。

在清晨的曙光中，唐纳德就出去了，帮着艾本生火，忙完后再回来接我和孩子们。我们到达的时候，羊身正穿在烤肉叉上，下面是一个深深的火坑，羊身已经烤成了金色。艾本用粗麻绳把野生迷迭香和百里香枝绑在一根细细的橡木枝上做成了一把刷子，此时，他正站在烤肉叉旁，用刷子往羊身上涂油脂。他旁边是一碗我们昨晚上做的加了胡椒粉的卤汁。我能够闻到香草和调味品的香味，我听到烤出来的油滴到火里发出了"嘶嘶"的声音。这已经是让我难忘的一天了。

我们一边烤着全羊，一边在房子前面摆上一整列桌子。由于这一行桌子的一端暴露在了太阳下，盖尔德便在一棵桑树和地面上固定着的两根杆子之间挂上了一张印第安床罩，这样便做成了类似顶棚的东西。布置餐桌时，我们用到的是普罗旺斯印花桌布以及我和乔安妮家的餐具。我们从本地的合作商店里买来了玫瑰红葡萄酒，还准备了许多面包。我们还制作了老式的深碟桃子馅饼作为甜点。

正午，人们陆陆续续到席了，羊也差不多烤好了，于是我们开始倒茴香酒，吃橄榄。

完全烤好后，烤全羊连同烤肉叉被挪到了火边的一张桌子上。艾本剪断了将羊固定在烤肉叉上的绳子，然后又剪断绑在羊肚子上的绳子，把绳子抽出来的一瞬间，填充物的香味便被释放出来了，香味里还混杂着羊肉酥脆的味道。这时，艾本把他用两根管子做的烤肉叉放到了一边，他用一支长柄勺将填充物舀到碗里，所有人都围在艾本身边观察整个过程。舀完填充物后，他把手伸到羊肚子深处摸索，确保所有填充物都被挪到了桌上的碗中。之后，我们将碗盖上，把它们放在余火旁以保持温度。同时，艾本切开了羊肉，把切下来的腿、肩、肋骨肉和排骨放在盘子里。

客人们帮忙把盘子端到桌上，在把盘子分给每个人之前，人们都站起来向艾本敬酒，为他和我们一起制作这顿大餐表达感激之情。

每一口我都细细品尝。脆脆的皮在长时间的抹油脂过程中，已变成了赤褐色，这正是我最喜欢的。胡椒粉为它添加了辣味，不过我还是能闻到并尝出迷迭香和百里香的味道。粉红玫瑰色的肉烤得正好，烤肉过程中渗出的汁水使填充物变得潮湿，并且由于烤肉时间很长，填充物里的蔬菜已经完全融入到了米饭中。我们几乎把盘子和碗里的东西吃得干干净净，然后用面包擦干净了盘子，喝完了最后一点儿葡萄酒。

我和乔安妮还准备了蔬菜沙拉，但是客人们都吃得太饱了，所以我们没有拿出沙拉，而是让他们出去散散步或者打个盹——在普罗旺斯，漫长的大餐结束后，人们通常都这么做。我们洗干净了盘子，等了一会儿，端出了派和咖啡。

甜点吃完后，大人们都留在桌旁，啜饮着咖啡，此时太阳开始沉入屋后，不情愿地等待着夜晚来结束这一天。

那个星期天，朋友们聚在一起制作烤全羊大餐，给我留下了美好的回忆。现在，在这个地区，这种大餐已经很常见了。第二年，艾本没有和梅勒先生一起回来。梅勒先生只跟我们说艾本已经离开了。那个火坑上又烤过一两次肉，最后还是被填平了。今天，一块空地上稀稀疏疏长着的青草，那曾是火坑所在的地方。这对于我和乔安妮来说，已经足够了，我们可以通过心灵的眼睛看到全羊在烤肉叉上转动着，我们的孩子们在旁边玩耍，朋友们聚在一起。而艾本看着这些，笑了。

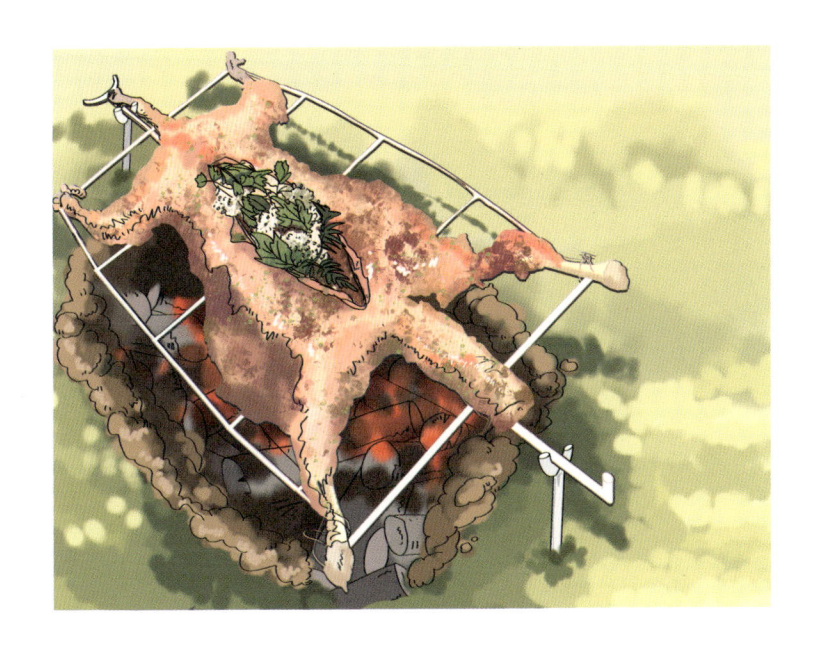

香草羊腿

正如屠夫的妻子所说，享用一条肥美的羊腿是一件快乐的事。我完全同意她的说法。红润又多汁的肉加上大蒜、百里香、迷迭香和冬季香薄荷便能做出一道你无法想象的美食。对于我来说，再配上切成两半的烤番茄，加上文火煮出来的白豆，这道菜就更完美了。

食材：

主要食材：一条4.5磅到5磅重的羊腿

调料：橄榄油、粗海盐、黑胡椒粉、大蒜、红葡萄酒、烹调用汁、普罗旺斯香草（或者2/3干燥程度的百里香、1/3干燥程度的迷迭香或冬季香薄荷、1/3干燥程度的薰衣草混合在一起代替）

做法：

1. 烤箱预热至400华氏度

2. 将羊腿表面涂满橄榄油、足量的粗海盐和黑胡椒粉，往羊腿上轻轻地撒上普罗旺斯香草

3. 用刀子在羊腿上深深地割下一刀，然后塞入薄薄的一片新鲜大蒜。重复这一过程，直到塞入大概二十片左右的大蒜

4. 将羊腿放在烤箱中烤，烤的同时，在羊腿上多次刷上烹调用

汁，直到羊腿肉变成金棕色，并且开始与羊骨分离。这一过程大概50到60分钟

5. 将一支速读温度计插入羊腿肉最厚的部分，温度计达到135到145华氏度时，将羊腿移至砧板，用食品级铝箔轻轻地盖上，静置15到20分钟

6. 将烤箱汁水上漂浮的浮油捞出，继续用中高温加热汁水，再加入一点儿红葡萄酒

7. 将羊腿肉切成薄片，将汁水浇在羊肉片上

香草羊腿就完成啦！

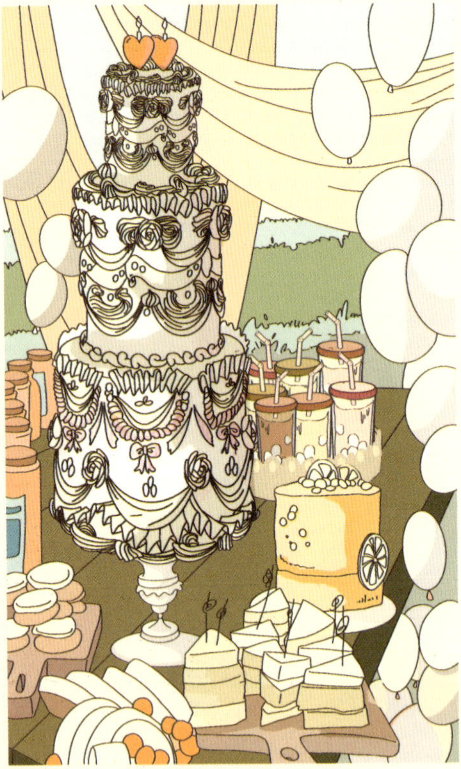

第八章

普罗旺斯的两场婚礼

"她仿佛来自童话世界"
"蓬松的白色婚纱如同云朵一般
围绕着她"

// 01 //
劳伦特的法式婚礼

下午 2∶10，我乘坐法国航空公司的航班从旧金山到达尼斯。这趟航班是我经常搭乘的。我没有习惯性地带上一大堆书本、新厨具和我以前经常拿着的两季的衣服；这次，我只带了一个轻巧的包，里面装着一套游泳衣、两条亚麻料的长裤、几套内衣、一件毛衣和两条适合法国夏日婚礼的连衣裙，我还随身携带了一件婚礼礼物——一个淡绿色的玻璃蛋糕座。不久后，我将会意识到我本该带来一顶帽子，一顶红缎带装饰的花式宽边帽。

我顺着熟悉的蜿蜒大道驾车驶向我家的房子，许多车杂乱地停放在兰米家前面的路上。这将会是一场大型的家庭婚礼，所有的亲戚都会到场。罗伯特和弗朗索瓦差不多八十岁了，行动开始变得稍许缓慢。我猜想，这可能将会是他们家族最后一次全体出席的、大型的家族活动。以前的婚礼宴会都是在家里举行的，会邀请村里的人，但这一次将会在节日大厅举行，只邀请亲密的朋友和家人。不过在那之后，会在家举办仪式性的冷餐酒会，酒会会邀请大部分的村民。

我用钥匙在前门的锁孔里转动了一下，打开屋门，然后径直走到厨房。桌子上放着一个装桃子的碗,碗下压着弗朗索瓦写的便签,邀请我参加七点的晚宴。我吃了一个桃子,又为自己冲了一杯咖啡,然后走上楼,打开了行李。

七点钟,有个人(可能是孙子辈的)敲响了兰米家用来招呼大家吃饭的黄铜锣。一分钟后,我穿过道路,去了兰米家。我看到,二十多个人一起站在了四棵枝叶浓密的桑树底下,因为桑树为石板露台带来了阴凉。罗伯特和他的儿子在倒开胃酒,他们为宾客准备了茴香酒、橘子香葡萄酒和基尔酒,许多年轻的孙女们正在传递装着坚果和橄榄的碗,还不时地拿几颗放进嘴里。铺着各式桌布的餐桌摆成了L形。

我刚到,就看到弗朗索瓦走出厨房。她拿着一个盘子,上面堆着两片法式橄榄酱烤面包片。她的头发剪得短短的,圆圆的蓝色眼睛,柔软的橄榄色皮肤,身着经典的马球衫,和我三十多年前第一次见到她时一样。那时,我和唐纳德带着孩子们住在道路的下端,她来买我们做的奶酪。我们互相亲吻了脸颊后,她放下盘子,握着我的手,问起我和我的家人。

她的孙子劳伦特在十五岁时,曾经和我还有吉姆一起在加州度过了一个愉快的暑假。他现在是准新郎,看上去和十五岁那年没有什么不同。只是现在,他已经二十三岁了,长高了一点儿。他厚厚的黑发无可救药地以奇怪的角度向外炸着,架在鼻梁上的黑框眼镜仍然有点儿倾斜,脸和他的祖父一样,有着方形的下颌。当他看见我时,害羞地微笑着。

"乔治妮!我简直没法相信,你从加州那么远的地方赶过来,只是为了我的婚礼。我爸妈说你只能待六天。"他把他的准新娘介绍

给我。那是一个丰满的金发女郎，有着蓝色的眼睛，脸上长着雀斑。与内向的劳伦特相比，她很健谈。

落座时，罗伯特说我必须和他坐在一起。"这是你的座位。"他拍了拍放着粉黄印花图案的餐巾架子的座位，"整个星期你都坐在这儿，同我的其他家人一样。"

虽然我们每顿饭都换位置，可我总是可以通过餐巾架找到我的座位。对我来说，餐巾架是一个标志，标志着我属于这个复杂而友好的大家庭。

年轻点儿的孙辈们把第一道菜端上了餐桌，大碗里装着的是番茄切成的片，它来自蔬菜园，配着金枪鱼、熟鸡蛋片和红洋葱，还放了许多橄榄油、盐和辣椒粉。罗伯特不喜欢醋，所以里面没有放。我们都至少吃了两碗，然后用面包吸干了盘子里剩余的汁水，等待着主菜的到来。主菜是米饭配蔬菜烩菜，用到了茄子、红辣椒、美洲南瓜、番茄和罗勒。这些蔬菜都来自我们吃饭的露台对面的蔬菜园。

在桑树底下，我们喝干了葡萄酒，吃完了奶酪和水果，像平时一样一直坐到很晚。年轻的孩子们收拾干净了桌子，打开洗碗机，然后进入了他们自己的世界。

那天几乎是满月，它照耀着我们周围的麦田和葡萄园。我们开始谈论接下来的一天。双方更多的亲戚即将到场，有的一大早就到了，有的会晚点儿到。

"那么，我们必须准备明天的午餐和晚餐，因为大概有三十个人用餐。我们还得做好水果蛋糕，为婚礼的冷餐会制作橄榄酱和土豆泥，到时候大概会有一百二十个人参加。不过我们现在已经做好了明天需要的八百个馅饼脆皮。"戴尔芬说。她是最年长的孙女，二十八岁，负责冷餐会食品。同她的哥哥一样，她也和我还有吉姆一起度过了那个暑假。她和我曾经分享过食物世界的美妙，包括烹调活龙虾、挖土豆和种菜。

"明天是最后一天了，因为后天我们必须在十一点到达市政厅。"她宣布。

法国法律规定，婚礼是一项民事仪式，也是唯一符合法律程序的仪式。它的举行地点在市政厅，有的市政厅会有一个特别指定的结婚厅。人们也会举行宗教仪式，但那在政府眼中不具有法律效力。民事仪式有点儿像开庭，不过参与者会穿得更为正式华丽，参与者通常只包括直系亲属和亲密的朋友。这根据市政厅的大小，以及是否会在那里同时举行一个宗教仪式而决定。我和唐纳德是在普罗旺斯的埃克斯市市政厅的结婚厅举行的婚礼，那儿的空间比一个小村庄的市政厅可大多了。

在乡村的静夜，窗户紧闭，我在家中享受了一段倒时差的睡眠。第二天早晨，我穿过道路去帮忙。9∶30，桑树下的桌子上还放着早上剩下的牛奶、咖啡、面包、黄油、果酱和镶边瓷碗。这些东西马上被收拾干净了，桌子上摆好了砧板和刀。那天的晚餐是一顿蒸丸子大餐。

戴尔芬和我互吻脸颊后，告诉我："我们今天上午就要做好所有的菜，因为下午要去社区活动中心做装饰。"然后我们就开始制作蒸丸子了。

"乔治妮，你切胡萝卜。阿姨，你切小西葫芦。"她分配给我们每人一项任务——切洋葱、大蒜、胡萝卜、美洲南瓜和青豆。同时，

她自己烹调着鸡和清汤。她用上了在餐馆里才会使用的大锅,先往锅里加了去年秋天弗朗索瓦买的本地鹰嘴豆,等我们切完蔬菜后,把蔬菜加了进去。

弗朗索瓦的厨房很大,轻易就装下了在长木桌旁忙碌的我们六个。这张桌子既可以用于做饭,又可以用于吃饭。厨房被改造过好几次,但是砌着光滑的深红瓷砖的橱柜还保留着,上面安装着水槽、洗碗机和炉灶。橱柜后的墙壁依然是深红色的瓷砖,上面装了两个内置烤箱。烤箱上方是一个架子,弗朗索瓦把一套普罗旺斯古赤陶餐具保存在了上面。最棒的是,厨房有一扇大大的低框窗,面朝着露台,光线洒进厨房,弗朗索瓦把蔬菜和水果放在窗台上,作为烹饪时的原材料。

早上,厨房里弥漫着浓郁的咖啡香,到了十一点,立刻被鸡肉和香草的香味占据了。清汤含有丰富的蔬菜和鲜嫩的鸡肉丸子,在炉子上汩汩地冒着泡。剩下要做的,就只是在晚上上桌之前把蒸丸子做好;对男人们来说,是把香料浓重的小香肠烤好,这也是晚餐的一部分。

戴尔芬和她指定的堂兄妹们都穿上了围裙,以免油渍和水溅到衣服上。他们勤奋地在餐厅里忙碌着,围绕着大梨木圆桌形成了一条生产线,桌子上盖着一层起保护作用的塑料膜。戴尔芬用香薄荷奶油冻和格鲁耶尔干酪做了一种经典的乳蛋饼,然后又用奶油菠菜做了另外一个。其他人则负责将樱桃番茄片等填充物舀入被烤得半熟的馅饼脆皮里。他们一边把各种填充物塞入一口大小的馅饼脆皮里,一边笑着、闹着。有些脆皮在放填充物之前,会先铺上一层芥末。

"噢，那是我妈妈的主意。芥末会为奶油冻添加独特的味道，但不会混在一起。我们正在准备今天午餐要吃的大馅饼，里面放的东西和这些小馅饼一样。午餐时，你可以尝到各种馅饼。现在，你能帮忙做这些午餐馅饼吗？"她指着堆在一起的八个馅饼锡，每个上面都放着一个浅金黄色、烤得半熟的脆皮。

"其中三个用番茄做——我知道每个人都喜欢吃，我打赌你也会的。"

我按照戴尔芬的说明，在三个脆皮的底部刷上薄薄的一层辛辣的芥末，塞入填充物，然后将厚厚的几片番茄盖在了上面。

"滴点儿橄榄油，还有一些新鲜百里香，就在那边。"她指着装着新鲜百里香叶的一个碗。百里香的茎都被掐掉了。

"好的，"我说，我拿起了碗，吸了一口树脂的香味，"谁把百里香清洗干净的？"

"那两个小家伙。"她朝她两个大概七八岁大的堂弟点点头，"我叫他们弄的。他们一边清洗，一边看卡通片。我告诉他们，只有把百里香弄干净了才能看电视。"

我们把午餐馅饼一对一对地烤。在等待的时间，我们品尝了开胃酒，那是加冰的朗姆酒，来自留尼汪岛。20世纪70年代罗伯特曾经在那里做过州长。当所有馅饼都已经烤熟，预计中的客人也到席了，弗朗索瓦敲响了铜锣。我发现我的餐巾架位于他们家一个年轻的堂兄和罗伯特的妹妹之间，他俩都是我的老朋友了。人们一致赞同番茄馅饼有一股辛辣味，但是这股辣味十分难以捉摸，他们怎么也不会猜到它来自芥末。一盘巨大的蔬菜沙拉配着馅饼端上了桌。桌子上有红葡萄酒、玫瑰红葡萄酒和白酒可供挑选。西瓜片作为甜

点也被端上了餐桌。然后，一些人（包括我）要了咖啡，而其他人在游泳池附近阴凉处的躺椅上打盹。

那天下午，我和他们家的许多阿姨、堂兄妹和女方家即将成为亲戚的人一起装饰了节日大厅。节日大厅与市政厅一起坐落于村庄的广场上，对面是已经关门的葡萄酒合作商店，旁边是只有一间校舍的学校。当奥利弗还是婴儿、丹尼斯·芬还是老师时，我曾经在那所学校的圣诞节聚会上，同学校的其他家长一起喝过香槟酒。

节日大厅的建筑风格和学校以及合作商店一样，实用而质朴，它包括一间空荡荡的大房间和一个商用大厨房。我们需要将这个空间布置成婚礼宴会厅和舞厅的样子。

女孩们爬上梯子，将绿色、金色和白色绉绸缠成的花环挂在头顶的灯饰上。我帮着布置折叠桌椅，并往桌子上铺上了绿色、金色和白色的桌布。女孩子们挂好花环后，在每张桌子上都摆上了两到三个小玻璃瓶，里面插满了薰衣草花束和小麦穗。

有些女人正在紧张地用绿色的网袋制作糖衣杏仁包，然后用黄色缎带系上袋口。糖衣杏仁是用于婚礼、洗礼和圣餐上的一件传统纪念品，会被分发到每张桌子上，然后由宾客带回家。在糖果店的橱窗里，经常可以看到装满了糖衣杏仁的网包，有粉色的、蓝色的、绿色的、黄色的和白色的。

六点钟我们离开时，节日大厅已经装饰完毕，桌子也布置好了。跳舞的场地也已经清理干净，冰箱里装满了橄榄、一口一个的酥饼、熏三文鱼、牛里脊、烤红辣椒、卤茄子和卤洋蓟、蔬菜沙拉以及奶酪，这些都将在晚上的聚会上以自助餐的形式出现。葡萄酒和香槟酒已经被运来了，放在厨房旁边的冷藏室里。

享用完蒸丸子的那天晚上，他们告诉我，第二天我将和他们一起陪同新人们前往市政厅。在那里，新人们将在市长的主持下，结为夫妇。所以我得在 10∶30 前做好准备。

我有两条连衣裙，我决定选那条短袖浅绿绸布裙，配上一双红铜色的系带凉鞋作为白天的穿着；而把那条黑色短裙留给晚上的聚会。我到达的时候，劳伦特的三个妹妹和他的父母、祖父母都已经准备好了。

劳伦特是五个孩子中唯一的男孩，他的妹妹们穿着染有淡紫色、玫瑰红和蓝色三种颜色的长缎子裙，戴着薄纱丝绸宽边帽。我开始后悔没有带上加州的那顶装饰着粉红缎带玫瑰的黑色宽边帽。不过，并不是每个人都要戴帽子——弗朗索瓦和劳伦特的母亲穿着样式简单的连衣裙，但没有戴帽子。不一会儿，劳伦特的阿姨们也都到了，她们都戴着法式婚礼帽，我只在电影里，或者法国杂志的名人照片上，看到过如此奢华的配饰。

"啊，我美丽的女孩啊。"最年长的罗伯特骄傲地说，"多么漂亮的帽子啊。婚礼上的所有女人都应该戴上这么漂亮的帽子。"

新娘的娘家人也都戴着迷人的帽子。新娘戴着奶油色丝绸宽边帽，盘起来的头发在帽下留了几绺。这顶帽子和她白色的锦缎衣十分相配。

我们坐着不同的小车，顺着道路行驶三分钟就到了市政厅，市长的秘书陪同我们进入了市长办公室。办公室正好能放下六张椅子、市长的桌子和一面法国国旗，此外还为其余每个人都留下了站立的空间。

劳伦特、他的新娘和双方父母分别坐在桌子前的六张椅子上，

其他人则站在他们后面。几分钟后，市长出现了，他比我以前见到时要更加庄重、正式，穿着黑色西装，打着领带。一根红白蓝缎带挂在胸前，还有代表法兰西共和国的玫瑰花形装饰物与此相配。

他根据与我们每人的相识程度，用亲吻礼或握手礼迎接了我们，然后便开始了这个小仪式。他说他非常荣幸能为他的朋友——香槟酒前州长和留尼旺岛前州长——罗伯特·兰米这样尊贵的客人主持这个官方仪式，我们都笑了，然后市长开始根据本国政府的要求，询问新人和他们的父母一些程序性的问题，文件填写完毕后，签上字，前后传递着，然后这对新人就被宣布成为合法夫妻。

那天的晚些时候，我和其他宾客一起站在这个古老村庄的教堂的台阶上，等待着新郎和新娘出现在傍晚的暮光中。我的思绪回到了我和唐纳德、埃塞尔、奥利弗参加过的兰米家的另一场婚礼。我们直到回来过完每年的夏日假期后，也就是婚礼的一周前才收到邀请函。

// 02 //
二十五年前的婚礼回忆

那已经是二十五年前的事了。我们一百多个人，穿着夏日的漂亮服饰，站在教堂的台阶上和院子里。小女孩穿着整齐的粉红连衣裙，将篮子里用缎带系着的大米包发给人群。教堂的双重门向后打开，新郎和新娘挽着手走了出来，我们解开缎带，将米粒抛向正急匆匆跑下台阶的新人。他们跑向一辆卡车，卡车上装饰着用常春藤、天竺葵、蕾丝边的白花以及白色和淡紫色长缎带做成的花环。

新郎抱起新娘，将她放在卡车的后挡板上。她仿佛来自童话世界，就连黄昏时太阳光芒都被她深橄榄色的肌肤、黑色的头发和绿色的眼睛深深地吸引住了，蓬松的白色婚纱如同云朵一般围绕着她。她的面纱连在白色的花朵王冠上，在她面前飘舞着。她将两只脚的脚踝交叉起来，露出了秀气的白色凉鞋，身边是她英俊的丈夫，着一身大礼服，配一顶大礼帽，帽子上有紫色的纽扣。他是她最完美的护花使者。

坐上改装后的普罗旺斯婚礼卡车，他们沿着一条单行道的马路出发了，马路从高处的小村庄一直蜿蜒至兰米家。宾客们跟在这对新人后面，按着喇叭，伴随着欢快的笑声，淹没在一路上的各种杂

乱的声音中。新人们在卡车后车厢抛着飞吻，朝我们挥着手。

我们将车停在房子前的道路上，让其他宾客在我们平常使用的停车点旁停车。朝房子走过去时，我几乎可以听到从兰米家传来的音乐声。太阳落入俯瞰着整个小山谷的岩石后，漫长的夏日黄昏开始了，整个村庄中弥漫着淡紫色的霞光。白色的灯光亮了起来，它穿过露台和桑树，照向新游泳池，然后又被反射回柏树树篱的顶端。

浓密的草坪里摆上了长桌，上面铺着白色的亚麻桌布，装饰着小小的薰衣草花束和绿色植物。那时，罗伯特的母亲还在世，她是一个喜欢穿着黑色衣服的小个子女人，总和几个和她差不多年纪的女人坐在一起，年幼的孩子们在她们身边奔跑玩耍着。高大英俊的罗伯特穿着一套夏日的亚麻衣服。他脱下上衣，这时正为客人倒上一种叫"种植园者宾治"的酒。我只要了两杯，我还记得这种酒在我父母的时代流行过。

"啊，很好喝吧，"我在拒绝第三杯时，他这么说，"今晚我们喝到的美酒来自勃艮第一级酒庄，这是新娘的叔叔送的结婚礼物，他在勃艮第有一份酿造葡萄酒的产业。这酒太棒了。"

放着萨莫萨三角饺的浅口盘被四处传递着。这是一种炸面粉食品，弗朗索瓦在留尼汪岛生活时，学会了它的制作方法。它后来成为兰米家的一个传统食品。它连同包着奶酪和马槟榔的卷火腿片、放了碎甜椒和茄子的烤面包片、熏鲑鱼或熏鲱鱼一起构成了开胃小吃。

老实说，我不记得正餐是什么了。吃完开胃小吃，喝完酒，正餐只成了一个模糊的影像，因为我印象更深刻的是婚礼蛋糕。随着一个有好几层的豪华的婚礼蛋糕终于被切开，我们用香槟酒向新郎和新娘致以诚挚的祝福。在一闪一闪的灯光和星光的照耀下，我们一直跳舞至凌晨两点。和唐纳德跳舞的人中有罗伯特的母亲和弗朗索瓦，还有埃塞尔和艾琳、乔琪特·芬和玛丽·帕拉佐利，当然还有我。我和埃塞尔的舞伴有兰米的儿子、罗伯特、丹尼斯·芬和他的儿子，以及一些我们不认识的新娘家的男性亲戚。奥利弗只和新娘跳了舞，因为他很迷恋那位新娘。

现在让我们回到兰米家的婚礼，这一次我既是婚礼的帮手，又是宾客。当我站在台阶上等候时，我有些期待在教堂前面会停下一辆装饰着花环的卡车，但实际上出现的是一辆两门小汽车，装饰着绿色的飘带和金色的缎带，司机是戴尔芬的男朋友。刚刚成为合法夫妻的新人们急切地跑下了台阶，他们大笑着躲开了我们抛撒的米粒，然后钻进了等候的汽车。小汽车离开了教堂，走上了回家的蜿蜒道路，飘带在车后飞舞着。

大概一百五十个人，包括了小村庄将近一半的人口，集中在兰米家，等待着快乐的冷餐会的开始。派对的前半段时间，我在厨房忙着在开胃小菜盘里装满馅饼，以及为烤面包片抹上橄榄酱。当大部分的馅饼和烤面包片都送到人们手里后，我也加入了这个派对。我发现我认识大部分的人，其中有许多人已经结识了大半生。

有些人，在我第一次遇到他们时还是小孩，他们像埃塞尔和奥利弗一样躲在他们妈妈的裙子后面。有些人是农场主、管道工、电工和泥水匠以及他们的妻子，从我第一次来到村子里起，我就与他们有过交往，或者更深的接触。也有一些，像阿德勒、帕斯卡、玛丽和马索，他们是我最好的朋友。还有一些是我较晚结识的新来者。有些人和我在很久以前，曾共进过餐，我记得的是他们的脸，而不是他们的名字。还有一些人是本地区的长期住户，是几乎要消失的

那一代的子孙们,其中很大一部分人是罗伯特和弗朗索瓦家的儿子们、女儿们、孙子们、孙女们、表兄弟姐妹、堂兄弟姐妹以及他们的配偶,他们中的大部分人我都认识。

大约一个小时后,一些宾客陆续离开了,而我和另一些人则应邀参加在社区活动中心举行的婚宴。我自己开车去的,我们一行大概有六十多人。玛丽抓着我的手臂说:"我们坐在一起吧。"

我和玛丽、马索以及兰米的一些亲戚——包括罗伯特的哥哥和妹妹——共用一张餐桌。我比以往任何时候都更强烈地感受到,我是这个家庭的一分子。

每张桌上都摆上了装在浅口盘里的熏鲑鱼、抹了罐头肉酱的酥饼、醋渍小黄瓜、盐腌火腿肠薄片、杏仁和橄榄。我们吃着开胃菜,互相传递着盘子,评论着婚礼、劳伦特快乐的神情以及美酒的滋味。

第一道菜吃完后,我和玛丽起身回到厨房,帮着婚宴承办人干活,因为他们都是我们在这个村庄里的朋友。我们往一套盘子上摆上了牛里脊凉薄片,在另一套盘子上摆好猪肉凉薄片,然后把弗朗索瓦的蔬菜园里摘下来的番茄,切成四瓣,配着罗勒一起作为装饰放在了所有的盘子上。接下来,我们把盘子端出来摆在自助餐桌上。这时,桌上已经密密麻麻地摆满了装着烤红辣椒和茄子的碗、意大利白干酪番茄沙拉、土豆沙拉和蔬菜沙拉,所有的食物都放了大量橄榄油。

我们到达大厅之前,唱片的音乐声就已经响起来了。在享用第一道菜时,音乐声停了一会儿,然后几乎是在我和玛丽进入厨房的同时音乐再次响起。那是几乎适合任何人的音乐:有 20 世纪 60 年代到70年代华尔兹与美式经典摇滚的结合；还有法国**卡巴莱**音乐和**世界音乐**。在吃光本地山羊奶酪、法国卡门贝软质奶酪、布里干酪、伊泊斯干酪和洛克福羊乳干酪后，音乐声再次响起，劳伦特和他的新娘带头跳起了舞，接下来是他们年幼或年长的家人们。大约一个小时以后，新婚夫妇切开了从本地面包房买来的三层覆盆子巧克力蛋糕，然后世界音乐成了宴会主角，所有的年轻人都开始跳舞，裙裾飞扬。高跟凉鞋被踢到了桌下，上衣挂在了椅背上。

我和玛丽也想跳舞，但是马索和桌上的其他男人却没有这个念头。女人们的身边总是跟着不情愿的丈夫和孩子们。最后，我们两个还是加入了舞池里的人群，就像其他女人一样。我们跳舞的时候，弗朗索瓦和罗伯特已经溜走了。马索走到舞池里，告诉玛丽他想要回家，于是我也离开了。

我躺在床上，舒服地蜷缩在我生活了大半生的卧室里，盯着手工拼成的木屋顶和装了书架的光滑灰泥墙壁。我想，我是多么的幸运，能够拥有这样的生活，一部分在加州，一部分在这儿。六天后，我将回到加州，行李包装得沉甸甸的，等待着教授另一系列的烹饪课程。不过，首先我得采摘番茄和西瓜，和玛丽以及弗朗索瓦一起烹调美食，还有和已经成为我亲人的所有朋友共同享用漫长而悠闲的大餐。

卡巴莱： 有歌舞表演的餐馆或夜总会。

世界音乐： WORLD MUSIC是西方角度观点的词汇，意思指非英、美及西方民歌/流行曲的音乐，通常指发展中地区或落后地区的传统音乐，例如非洲及南亚洲地区的音乐，有些地区如拉丁美洲的音乐，则能普及到自成一种类型。而今天大家说的WORLD MUSIC通常是指与西方音乐混和了风格的、改良了的传统地区音乐。

番茄馅饼

这是我为兰米家的婚礼特制的一种馅饼。我发誓,那层芥末的味道并不重,但是会带有一点儿不同的风味,从而使得馅饼与众不同。

我们使用的是买回来的、现成的新鲜派皮面团,整个法国都可以找到不同种类的这种面团。我喜欢这种面团,我认识的每个人在制作甜馅饼和香薄荷馅饼时都会用到它。在加州的超市里,我也发现了类似的新鲜产品,还有一些非常棒的其他现成的冷冻产品,如果你找不到现成的面团或者你不想使用这种面团,那么也可以选择你最喜欢的一种派皮面团来烹饪制作这道馅饼。

食材:

新鲜派皮面团

第戎市芥末

番茄

格鲁耶尔干酪

调料:橄榄油、海盐、黑胡椒粉和新鲜百里香

做法：

1. 将烤箱预热至 400 华氏度
2. 揉搓面团，使其直径为 14 英寸左右，厚度小于 1/4 英寸
3. 将面团放入馅饼锅中，拍打面团，使其紧贴着锅底，然后将其从锅底取出，切去边缘多余的面
4. 将薄薄的一层第戎市芥末铺在锅底，重新放入面团，密密地盖上一层番茄片
5. 滴入橄榄油，撒上少量海盐、黑胡椒粉和百里香，最上部盖上磨碎后的格鲁耶尔干酪
6. 放入烤箱，烘烤至面皮变成金黄色，番茄开始熔化。这一过程需要 20 到 25 分钟
7. 将馅饼拿出，冷却 20 分钟

番茄馅饼就做好啦！

结束语
A PIG IN PROVENCE

  暮光落下。壁炉为十月的夜晚带来了暖意和陪伴。我用橡木和松木生了一团火。当木头成为发光的木块时,我会把一两把葡萄藤枝扔进去,开始烘烤我的羊肋骨肉。羊肋骨肉早已放在厨房的盘子里,上面涂满了橄榄油,撒上了野生百里香。还有我从蔬菜园里摘回来的鲜嫩皱叶菊苣和茎部粗壮的白色螺纹糖莴苣。蔬菜已经洗好了,躺在搪瓷滤锅里,这个锅是很久以前我从加州带来的一件结婚礼物。新鲜的山羊奶酪(和我以前做过的一样)正冷冻在冰箱里,马上,我会将其烤熟,放在我的沙拉上面。

  我倒了一杯玫瑰红葡萄酒,一边啜饮,一边烹调糖莴苣和制作贝夏梅尔乳沙司。我往一个小碗里倒入一些黑绿色的橄榄汁。这个浅黄色的小碗是去年我和吉姆在集市上买的,我很喜欢橄榄油倒在里面呈现的样子。

  我把糖莴苣和贝夏梅尔乳沙司混合在一起,盖上面包皮和黄油一起烘烤。接着,我把木桌放在壁炉前,铺上我最喜欢的法国复古餐巾布。这些绣花餐巾布巨大而厚重,以前是一些人嫁妆的一部分。我将一块对折,作为餐具垫,将另一块仍作为餐巾。我打开雕饰橱柜的玻璃门,拿出两个棕褐色边的深黄色盘子,这是玛丽送给我乔迁之喜的礼物之一。最后我摆上一套从跳蚤市场买来的复古银刀叉、一个玻璃水杯、一个水壶和一个托着葡萄酒瓶的赤陶碟。接着,我拿出一个装着海盐和辣椒粉的小碗。这个碗和装橄榄的碗很像。桌子中央还放着一个小玻璃花瓶,里面插着我白天从蔬菜园旁边的葡萄园里,摘来的红色和金色的葡萄叶。

奶油烤菜散发的香味提醒我它差不多熟了,时间刚刚好。炭火在燃烧着,等待着烤羊肉。我的烤肉工具是一个买房子时拿到的长腿熟铁三角火炉架,我把烤肉架放在上面,然后把整套工具置于炉火最旺的部分。羊肉发出了"嘶嘶"的声音。烤肉的同时,我往上面倒了点儿葡萄酒,然后翻转数次。羊肋骨肉即将烤好前,奶酪烤好了。

肉烤好后,我马上将其挪到壁炉上的盘子里保持温度。在享用烤肉前,我会先享用沙拉。沙拉上浇了从兰米的哥哥那里得到的橄榄油以及我自制的醋,最上面还铺了一层烤热的山羊奶酪。

享用沙拉时,我的目光穿过窗户,看着天空慢慢变成深紫色,这颜色宣告着宁静的夜幕的来临。我在其他地方,都没有感受过像普罗旺斯一样的宁静。那儿是乡村深处,周围是从环绕的橡树林、松木林和杜松林里开拓出的一片片的小葡萄园和麦田。

奶酪很烫,边缘处有点儿融化,与醋油沙司混合在一起。皱叶菊苣叶和芝麻菜也沾上了奶酪。我吃完了盘子里最后一点儿,然后用法国棍式面包片擦干净盘子,心满意足地深深呼出一口气。

我怕会忘记垫隔热盘垫,所以一开始就把它放在桌子上,然后才端上我的糖莴苣奶油烤菜。烤的时候,它被放置在一个小小的

长方形深红色烤盘里。烤盘是我的公婆从旧金山飞到尼斯探望我们时,婆婆为我买的。那是他们最后一次一起旅行,烤盘也是她在旅行中买的唯一一件东西。

在把羊肋骨肉端上桌前,我又往火中扔进一块木材,炉火烧得很旺,我不忍心让它熄灭。盘子里的肋骨肉烤得很完美,汁水渗入了奶油烤菜中。

我不经常吃甜点,但今晚有我从欧普斯的糕点店里买回来的杏仁胡桃焦糖点心。在阅读**安东尼·特罗洛普**的《巴彻斯特塔》时,我倒上一点儿红葡萄酒。距离我第一次读完这本书已经过了很长时间了,差不多有三十年。

再有几天我就要回到加州的家中,因此我想充分享受在普罗旺斯家中独自度过的这几天时光。

> 安东尼·特罗洛普 (Trollope Anthony):19世纪英国现实主义小说家,1815年生于伦敦,1882年卒于同地。

致 谢

我对普罗旺斯的朋友和邻居，充满了感激之情，如果没有他们的存在，就不会有这本书的出现，也不会有这段生命旅程。我们的共同回忆中，充满了对话、美食和故事。我希望他们能够像家人一样，原谅我彼时的任性。

普罗旺斯的漂泊之旅是我的第一任丈夫唐纳德带着我开启的。在我们的孩子年幼时，我们共同经历了那段绝妙的时光。他为我的生命带来了许多奇妙之处，我对于此，将永远心怀感激。

我要感谢比尔·勒伯朗，他是我的朋友以及我在纪事图书（Chronicle Books）出版社长期合作的编辑。他预见了这本书的价值所在，在某个星期六早晨的餐桌上，他同杰伊·舍费尔谈论起这本书，杰伊最终决定出版这本书。他为这个艰巨任务付出了巨大的努力，他也始终鼓励、支持着我，并且不遗余力地敦促我达成更大的目标。其次，毫无疑问，阿莱利·埃克斯图特是我最好的代理人。另外，我还要衷心地感谢我的文字编辑朱蒂斯·敦哈姆，她为这本书所做出的努力是别人无可比拟的。同样，特别感谢莎朗·西尔瓦和玛丽安娜·莫格拉芙在这本书还未成形时所给予我的帮助。最后，

谢谢纪事图书出版社的助理编辑米凯拉·希金，他帮助我顺利地完成了这本书出版的各个程序。

我的丈夫吉姆是我最好的朋友和我最大的书迷，二十多年来，他一直都是我的家庭编辑，并且和我一起经历了书中描述的许多故事。我所写的文字，他逐字逐句地阅读过至少三遍，从某种程度上来说，即使我写得并不完全对，他也能理解我所要表达的意思。我非常感谢他。